伊藤正博

経営コンサルタントへの道

こんな人生でよかった履歴書

東京図書出版

経営コンサルタントへの道◇目次

家督

祖父「要七」と祖母「しん」には子供はできなかった。要七と縁があった近藤家の次男「正秋」を伊藤家の跡継ぎとして養子に迎えた。さらに加藤家の次女「節子」を養女として迎えた。要七としんは、正秋と節子を一緒に（結婚）させ、伊藤家を継がせようと願っていた。当時はこんな話、珍しくもなかった。ある日、節子の姉「寿美子」が妹に会うため伊藤家を訪ねやってきた。そこで正秋は初めて会った寿美子に一目惚れしてしまった。この時、寿美子には好きな人がいたらしいが、ぞっこん惚れ込んだ正秋は諦めることができず、寿美子を口説き落とし結婚することになった。

私の誕生

伊藤正博、昭和27年7月6日㈰西暦1952年名古屋生まれ。父「正秋」と母「寿美子」の間に長男として「正博」が生まれる。私は祖父（要七）と祖母（しん）との血のつながりがないが、祖父（要七）と祖母（しん）から見れば伊藤家の初孫であり跡取りでもある。みんなに可愛がられ大事に育てられた。それから6年後、弟「嘉章」が生まれる。そして私へのあしらい方（待遇）が変わっていく。今まであんなに可愛がってくれたのに弟が生まれたせいで、私の存在感はなくなってしまった。これが初めての嫉妬であった。そんな中、叔母（節子）は我が子のように私をあしらってくれた。

二歳児

家から見えた建設中の高いビル（家から約1・5㎞）に興味を持ち、三輪車を引いてそのビル（当時の名鉄百貨店）へ向かったらしい。そして迷子となり警察に保護された。

夫婦喧嘩（小学一年）

弟が生まれ、明るかった家庭も数年たち両親に何があったか分からないが、夫婦仲が悪くなり喧嘩が日々絶えなかった。そして夫婦喧嘩は収まることなくドンドンと酷くなっていった。時には飯台がひっくり返り、物がこぼれ、物が飛び、物が割れるという日も続いた。子供ながらそんな暮らしが嫌だった。

当時の思い出（貴重な体験）

小学一年（六歳）だった1959（昭和34）年4月、家の近所にて、皇太子ご成婚で伊勢神宮へ向かわれる汽車の窓から手を振られる皇太子妃がはっきり見えた。そして万歳の歓声が沸き起こり幼いながら明るく平和を感じた。

小学一年（七歳）になった同年9月、伊勢湾台風の影響で家が水没した。周りは湖となり、一週間ぐらい水が引くことはなかった。

予知能力（小学二年）

私は算数の授業で、時計を見て何時何分か答えられなかった。担任の先生に短針と長針の位置を覚えれば分かると教えてもらったが、すぐには理解することができなかった。おかしな話だが、時計の読めない自分がバカなのか、それとも教え方の下手な先生がバカなのか、それなりに悩みました。

そして先生の顔を見て、「先生、そのうち『針がなくても数字が表示されて時間の分かる』時計ができるから針なんか読めなくても大丈夫です」と、思わず言ってしまった。すると先生から「そんな物ができるはずがない！」と、こっぴどく叱られました。それから8年後、数字で時間を表示するデジタル時計が発売されました。驚いたことに私の思っていたことが現実となったのです。あの時、叱られた先生に「ほら僕の言ったとおりになったでしょ！」と一言いいたい。

研究熱心（小学三年）

近所のお兄ちゃん（中学生）が鉛筆のキャップを使ってロケットをつくり、空に向け飛ばす。私はこれを見てロケットに興味を持ちました。ロケットをつくるのに必要なもの、「アルミ製の鉛筆キャップ」、「燃料となるセルロイド」、後は鋏とペンチが揃えばロケットができる。そしてお兄ちゃんのロケットを見よう見まねでつくることに挑戦した。

まずは材料の調達から始まった。ロケット本体のアルミ製の鉛筆キャップは文具店で購入する。燃料のセルロイドは黙っていれば分からないと、親父の靴ベラを使うことにした。その靴ベラを細かく刻み、鉛筆キャップに詰め込み、詰め込み口をペンチで折り曲げて、かしめる。単純作業だが、ポイントは、かしめ方にある。固くかしめすぎると噴射口が開かず膨張爆発を起こす恐れがあり、爆発すれば破片がどこに飛ぶかは分からない。

逆に弱いと噴射口がすぐ開き、圧がすぐに抜けるため、飛んだとしても距離を出すことができない。いわゆる失敗の原因となる。上手く飛ばすにはキャップのかしめ方が大切である。かしめる加減が小学生には難しい。これを飽きずに繰り返しやることでコツをつかんだ。やっとの思いでロケットを高く遠くに飛ばすことに成功した。この体験は喜びとなったが、後になって考えれば大変危険な実験（遊び）だった。

動揺（小学四年）

もともと父は怠け者で、ちょっと気分が悪いだけで会社を休む癖があった。母はその都度、欠勤の理由を考え勤め先に連絡するという有り様だった。病気でもない父は何もせず家でゴロゴロしているだけだった。こんな父が嫌いだった。本来なら夫婦仲良く、いつも明るい家庭であるのが望ましいはずだ。こんな暗い生活が嫌だった。

こんな環境から抜け出すため、良い手立てはないものかと子供ながら考え始めた。「そうだぁ！」、親を「心配させれば願いは通じる」かもしれない。私が行方不明になれば、親はきっと心配するだろうと考えた。

家出（小学五年）

明るい家庭を取り戻すには、家出するしかないと思った。そして日曜日に実行することとした。その日、朝早く起きて自転車を引っ張り出した。さぁ出発しようと気合を入れ自転車をこいだが、考えてみればどこへ行ったらいいのか分からない。どうしようと悩んだ。時間だけが過ぎていき行き先が見つからない。

その時、ふと叔母のことが浮かんだ。そうだ！　叔母のところに行こうと思いついた。ただ、叔母の家に行くとしても電車でしか行ったことがない。当然、住所も分からない。記憶があるのは地名ぐらいだった。

叔母の家を目指し、地名と方角（方向）を頼りに電車の線路に沿って自転車を走らせた。時には電車の線路沿いから離れ方向を見失うこともあったが、道中で多くの人たちに道を尋ね、やっとの思いでその日の昼過ぎに叔母の家にたどり着いた。叔母はあまりにも突然のことで呆気にとられていた。自宅から約28㎞／7時間ぐらい掛かったと思う。結局、この行為は親を心配させただけで、夫婦仲は相変わらず期待外れとなった。

私は子供のころから冒険心が強く、思いついたら即実行する性格である。家族に心配をかけることも多々あったらしい。

無免許（小学六年）

顔見知りのお兄ちゃんのバイクを見て、「このバイク運転したい」と言ってみた。するとお兄ちゃんから「乗ってみるかぁ！」と、気軽な返事が返ってきた。そして近くの公園まで行き、バイクの操作を教わることとなった。これが前と後ろのブレーキ（止める）、これはクラッチ（変速機）、スロットル（回せば走り出す）と教わり、最初は言われたとおり低速（ローギア）で運転することにした。そして「走らせる」・「止まる」を何度も繰り返し練習した。意外にも簡単だった。次に、ギアを変速させながら走らせることもできるようになった。「お前すごいなぁ！」と、お兄ちゃんを驚かせた。

出来事・話題

この年、１９６４（昭和39）年の10月に東京オリンピックが開催された。この時、興味を持った競技はマラソンだった。応援するのは日本選手ではなく、前大会マラソンを裸足で走って、金メダルを獲得したエチオピアのアベベ選手だった。私たちの小学校では「裸足で走るアベベ」が話題になっていました。しかし、テレビ中継では裸足ではなく、シューズを履いて走っていた。この大会でも見事金メダルに輝いたことが印象に残る。

優位性

私は同級生とあまり遊ぶことはなかった。何故かというと「同級との差別化を図ること」、つまり年上（先輩）から良くも悪くも教えてもらったことを同級生に見せつけて、自分は物知りだと自慢することが好きだったからだ。嫌な性格だと自分でも思うが、子供ながら一目置かれる存在感に憧れ、常に先頭に立ちたい、また、相手に負けたくないという強い気持ちがあったからだ。

中学時代

中学一年、スポーツクラブに入ろうと思い、剣道部・体操部・陸上部・バスケット部と見学しました。もともと球技は不得意だったが、バスケットがカッコよく見え、バスケット部に入ることにしました。そして入部したのち、すぐにボールを扱う練習ができると思っていました。

しかし、ボールを扱う練習ではなく、用具の出し入れとコートを整備することしかやらせてもらえない。「こんなことをやるために入部したわけじゃない！」と、キャプテン（3年生）に意見を述べた。するとキャプテンから「お前は生意気だぁ！　とにかく先輩から言われたことだけやればいいんだよ」と、強い口調で返ってきた。

こんなクラブ活動に嫌気もさしたが、我慢しながら言われる通りに従った。そして数カ月後、ようやくボールを扱う練習ができるようになりました。ドリブル、パス、シュートなど先輩から教えられ練習に励みました。だが、先輩からの指摘は同じことの繰り返しであった。団体競技はチームワークである。お前は連携プレーができない。技術的に素質があったとしても試合向きではないとはっきり言われた。

二年生になって、キャプテンに「お前は団体競技に向いてない」と言われ、陸上でもやったらどうだと見捨てられました。指摘された通り団体競技には素質がないことは十分わかった。そしてキャプテンに勧められた陸上部に入ることにした。

陸上部は、競技会が近づくと授業より競技を優先させるため、通常の授業を受けなくてもよい。とにかく勉強嫌いの自分にとっては好都合だった。勉強より部活の方が楽しかった。陸上種目は長距離を志望した。

何故かというと短距離は数十秒の世界で瞬発力を必要とする。例えば、スタートでミスすると考える間もなく終わってしまう。取り返しがつかない。これに比べて長距離はその分、考えて作戦を立てることができるからだ！

話は遡るが、私は小学校（5年生）のクラブ活動は水泳部に入った。この頃から泳ぎ方に興味を持ち、各種練習に励み全種目泳げるようになった。その結果、個人メドレー競技（4種目）に選抜されるようになり、試合を重ねるごとに良い成績を収められるようになった。そして市、県などの水泳大会に出場し数々の入賞を果たすことができた。

長距離走は私がやっていた水泳（個人メドレー）と共通したものがあった。水泳で体験した持久力（粘り強さ）を必要とするものである。この体験から陸上部で長距離1500mに臨み、練習走でぶっちぎりの4分30秒台を記録した。この記録は競技会に出場すれば入賞を狙える好タイムであった。長距離走は水泳の持久力と駆け引きができないと勝てない。そして陸上部の長距離ランナーとして認められ、競技会では好成績を収めることができた。

両親の離婚

そんなある日、いつものように部活を終えて家に帰った。何故か父が居て私に神妙な顔をして大事な話があると言ってきた。その時、何となく話の内容を予測していた。父は現金の入った封筒を私に渡し、「お母さんと別れる。これをお母さんに渡してくれ」と、言い残し家を出ていった。予測した通りのことが寂しくてたまらなかった。

そして母が家に戻りこのことを伝えました。母は驚きもせず冷静でした。その冷静な母に思わず叫んだ。僕は「こんな家庭に生まれて不幸だぁ！」、「何もかも嫌になった」、「こうなったのは勝手な大人のせいだぁ」と泣き叫んだ。母は下を向き何も言わなかった。

私にとって悲しい出来事でした。この一件で、今まで楽しかった陸上部も意欲がなくなり退部することとなった。これから先どうなっていくのか、中学生の自分は不安を感じていた。そして、こんなことも考えた。もし将来、自分が家庭を持ったとしたら、こんな親には絶対になりたくない。

私が働ける年になったら「手に職をつけ」、「商売をやって」、「大金持ちになる」ことを夢見ていた。これが実現できれば、みんな（母・弟）を幸せにできると考えるようになった。

父の少ない仕送りと、パートで働く母の収入で生活はギリギリだった。やがて三年生、そして進学するか就職するかを決める時期が来た。当時の学級は40人ぐらいで、そのうち10人ぐらいは就職を希望する状況であった。

就職先は主に市職員（市バスの車掌）とか国鉄職員（現場作業）が多かったと記憶している。進学を希望すれば金がかかり生活を圧迫する。就職すれば母に負担をかけずに済む。勉強嫌いの私は進学したところで学費の無駄だと思った。私は母に「俺、就職したい」と言ったが、母は「心配することない」と言った。「高校だけは行ってくれ」と母の思いは強かった。

高校時代

母の思いに応え進学することにした。母は私を大学まで進ませ、大きな会社に就職できることを願っていたようだ。私は母の思いとは違い、早く就職して金を稼ぎたかった。将来「店でも持って」、「繁盛させ」、「金持ちになる」ことが夢であり目標だった。

学校へは通ったが、それほど勉強はしなかった。私は金が欲しいあまり、常に頭の中は「金儲け」のことしか考えていなかった。

その夏、バイトで金を稼ごうと探していたら、同級生にビアガーデンの募集があるから一緒にやらないかと誘われた。私は即やることを決めた。仕事は、お客から注文を聞き、それを運ぶ、片付けるだけの単純作業である。当時の時給は百五十円ぐらいだったかなぁ、一日五時間働いて八百円ぐらい、接客次第ではチップが貰える。チップは多いときで五百円ぐらい貰えた。夏休みいっぱい働いて合計三万円ぐらい稼いだ。働くということは窮屈だけど、金を手にしたときはすごく嬉しかった。

自動二輪免許

学校をさぼってオートバイ（自動二輪）の免許を取るため試験場に受けに行った。そして学科試験（法令と構造）を受験する。結果、合格。実技試験は1週間後の受け付けとなる。今度は実技試験を受験することとなる。当日A、B、Cのどれか指定されたコースを走行して合格点を貰えば免許が取得できる。2週間後に最寄りの警察署で免許証が交付される。

その日、ドキドキしながら実技試験の合否発表を待つ、学科試験とは違う緊張感が漂う。合格番号は電光掲示板で表示される。そしてその時、自分の受験番号が表示された瞬間、嬉しさのあまり「やったぁー」、「俺ってすごい」と、思わず大きな声を上げてしまった。自動二輪の試験は難関であり、この日、50人ぐらいの受験者のうち合格者は3人だった。

これまでの人生で一番うれしい日となった。

自動二輪免許取得、1968（昭和43）年8月、十六歳。

学校の勉強以外、興味を持ったことなら、どんなことでも徹底的に勉強するほうだ。それに集中して獲得するまで必死になってやり抜く性格である。のち、バイトで稼いだ金で中古のバイク（ホンダCB72）を購入した。バイクの通学は校則で禁止されていたが、校則を破りバイクで通学した。

二輪モータースポーツ

二輪の免許を取って、モトクロス（オフロード競技）に興味を持った。中学校時代の先輩がモトクロスをやっていた。その先輩から「免許も取ったことだし、お前もやってみないか！」と誘われ、とりあえずモトクロスを見学することにした。

河川敷につくられた不整地コース（凹凸悪路）でモトクロッサー（競技用バイク）を巧みに操って走る先輩を見て「俺もやりたい」と、こころを奪われた。そして先輩に「俺のバイク乗ってみるかぁ！」と声を掛けられた。その言葉に甘えてチャレンジすることにした。

このバイク（モトクロッサー）は一般のバイクと違い、車体が軽量化され、マフラー、エンジンなどが競技用に改造されている。スロットルを少し回すだけで前輪が浮いてしまうパワーバイクだ。そして操作の仕方を先輩から教わりコースを走ることにした。アドバイスを受けながら何度もチャレンジをするが、不整地の恐怖感と疲労が重なり上手く操作することができなかった。自分も先輩たちのように巧みに操作できるようになりたいと、機会を見て練習に励んだ。練習を重ねるごとに操作の要領が分かったものの、先輩たちの走りには到底及ばない。上手くなるためにはひたすら練習するしかない。

重要なのは、バランス（対応姿勢）、スロットルワーク（パワー調整）、そして度胸（突っ込み）である。どんなにテクニック（技術）があっても、度胸だけは別物である。更にレース（競技）となると、相手（選手）との駆け引き（競争意識）が大事だと先輩たちから聞かされた。そして先輩たちに誘われ、レース（草レース）にチャレンジすることとなった。

私は90ccビギナークラス（初心者）でエントリーすることになった。初レース（競技）ということもあり、緊張と不安に襲われ練習の成果は出せなかった。結果10人中8位に終わった。それからも幾度もエントリーしたが、満足できる結果には至らなかった。

バーテンダーを経験

学校の帰り道に喫茶店のバーテンダー募集の貼り紙を見た。私たちの時代は喫茶店でバーテンダーをすることがカッコよく、あこがれのバイトだった。中学生のころから「手に職をつけ」「商売をやって」「金持ちになりたい」という願望が強かった。

そして応募することにした。その喫茶店に出向き、店主らしき人に「募集を見てお邪魔しました」と、声をかけた。店主は私に「経験あるのぉ！」と聞いてきた。自分は「未経験です」「ダメですかぁ！」と返答した。すると店主が「やる気があるならちゃんと教えるよぉ！」「学校が終わってから来いよ」と言ってきた。採用の合図だった。そして、見習いバーテンダーをやることになった。コーヒーの立て方、多種飲み物、軽食、おつまみの作り方。そしてカクテルの作り方、シェーカーの振り方、接客の仕方まで教わることとなった。

この喫茶店の店主は青果業も営んでいる。青果業は朝早く起き、農家から市場に出荷された青果物をセリで落とし値付けして、小売店に卸す仕事で午前中に終わる。そこで暇なので趣味で喫茶店を始めたらしい。やってみると喫茶店が面白くて、もう一店舗つくりたいと、ちょっと離れた場所に支店をつくってしまった。最初につくった本店を奥さんに任せ、もう一店舗は雇い人（経験者）に店を任せていた。

本支店とも順調に運営されていたが、その雇い人（店長）から自分自身の店を持ちたいと相談され、その雇い人（店長）は独立することになったらしい。ということで今回の求人となった。コーヒーの立て方からシェーカーの振り方、接客など、ありとあらゆることを、この支店の雇い人（店長）から学びました。

そして、この雇い人（店長）は独立するため支店を去ることとなった。私は、この人から教わったやり方で支店を切り盛りすることとなった。少し不安もあったが、ウエイトレスにも助けられ、オーダーの受け方、接客応対を体験しながら徐々に慣れていった。

普通自動車免許

十八歳に近づき、普通自動車の免許が欲しくなった。そして自動車学校に入るか、自動車練習場に通って直接試験場で受けるか迷った。自動車学校は相当の費用が掛かる。自動車練習場で車を借りて練習した方が学校よりは安く済むが、悩むところだった。

私がバイトする喫茶店の常連客にタクシーの運転手さんが居て、たまたま自動車免許の話になりました。自動車の免許を直接試験場で受ける人はどのぐらいいるのかと、その運転手さんに尋ねた。

その運転手さんも練習場に通い直接試験場で受けたそうだ。合格率は「100人中3人、4人ぐらいかなぁ！」と答えた。バイク免許とは要領が違うようだ。私はこの話を聞いて「やっぱりお金を貯めて自動車学校しかないかぁ！」とつぶやいた。

その運転手さんに「普通免許もってないのぉ！」と聞かれ、「もうすぐ十八歳になります」と答えた。その運転手さんは私を高校生とは思わなかったらしい。驚いた顔をして、「そうかぁ、だったら僕が教えてやろうかぁ！」と言った。私は冗談だと思いながら「本当に教えてくれますか？」と尋ねた。その運転手さんは本当に教えてくれるとのことで、その厚意に甘えることにした。

こうして話が進みました。その運転手さんの都合に合わせ、待ち合わせ場所（公園）まで行き、その運転手さんのタクシーを使用して運転の練習をすることとなりました。ほぼ毎日のように一日当たり2～3時間の練習を行いました。延べ3週間ぐらい指導していただきました。そして試験場で学科試験を受ける。学科試験合格。

学科を合格し、1週間後に実技試験を受けることになった。実技は自動二輪と同じように走行するコースが複数あり、こちらはA、B、C、Dの4種類ある。どのコースになるかは、当日にならないと分からない。だから、事前に全コースを覚える必要がある。走行してコースを間違えたら、その場で失格となり不合格となる。

初回の実技試験は惜しくも不合格だった。そして、翌週2回目を受ける。この日は、さほど緊張せずスムーズに走行ができた。常に自信はあるものの、合格することは容易でないと覚悟している。何故かこの日の結果発表は、いつもと違うドキドキ感である。

こうして電光掲示板を眺め、自分の受験番号を確認しながら点灯されることを祈った。そして遂に自分の番号が光った。「合格した」。自動二輪以来の喜びであった。この知らせを真っ先に運転指導いただいた、タクシー運転手さんに感謝を込めて報告しました。思い出せば、一般公道をタクシーで運転の練習をした者は私以外にいるだろうか？　結果論だが、練習中に何事もなく無事に終わったのは何よりだった。

普通免許取得に掛かった費用は、学科900円、実技900円×2回分の合計2700円で済みました。ご指導いただいた運転手さんに重ねてお礼申し上げます。

普通自動車免許取得、1970（昭和45）年9月、十八歳。

信頼関係

私の本業は学生、副業はバーテンダーとして日々を過ごしていました。店主にも見込まれ信頼も厚くバイトに励んでいました。やがて高校生活も終わりに近づき、私は将来のことを考えるようになりました。

そんなある日、店主が私に相談があるとのことで話を聞くことになりました。店主は私を見てニッコリ笑いながら、「私たちには子がないから跡取りもいない」、そこで相談だが、この店を「お前に任せたい」いずれは「本店も譲りたい」との話だった。

店主の言う「店を任せたい」、「いずれは店を譲る」とは、どんな意味なのか私には理解できませんでした。もし、そうだとしたら「願ってもないチャンス」と心が揺らぎましたが、この場で約束することはできるはずがない。店主は私に考えるだけ考えてくれと言い残し去っていきました。そして高校生活も終わり、就職先もはっきりせず、これまで通りこの店のバイトとしてお世話になることとしました。

四輪モータースポーツ

興味を持ってもできることとできないことがある。私はできると思えば即実行するタイプである。今までそうしてきた。今回、興味を持ったのは、自動車競技（ダートトライアル・ラリー・ジムカーナ等）である。この自動車競技に出場するには、日本自動車連盟（JAF）に加入して国内B級ライセンスを取得しなければならない。

このモータースポーツに興味を持ったきっかけは、テレビ中継で見たアフリカで行われるサファリラリー（世界ラリー選手権）である。また、映画にもなった石原裕次郎の『栄光への5000キロ』もサファリラリーである。日本車のダットサン・ブルーバードがクラス優勝した実録でもあった。これが私の気持ちを動揺させた。

そして競技に出るためのライセンスを取得し、浜松地区で行われる競技会「GGMCダートトライアル」に参加したのである。この競技はラリーのようにポイント地点を決められた時間で通過するのではなく、不整地コースをタイムで競う競技である。これに初エントリーすることとなった。私は友人の競技車両（日産ブルーバード）を借り、ビギナークラスに出場した。

競技は2回トライでき、どちらか速い方のタイムが結果となる。ビギナーのクラスだが、車が良かったのか、私の操作テクニックが良かったのか、クラス3位となった。この成績は、あくまで自分のドライビングテクニックが良かったからだと思いたいが、考えてみれば車の性能と友人のアドバイスがあったからだと思う。

どんなことでも条件さえ揃えば、結果は出せるものだと思った。そして競技の分野を変え、レース（サーキット）にも興味を持った。レースに出場するには、国内A級ライセンスを取得しなければならない。また、サーキットで走行練習するには、鈴鹿モータースポーツクラブ（SMSC）に入会して講習を受けなければならない。

そして国内A級ライセンスを取得するには、学科と実技の試験を受けて合格しなければならない。学科は競技規定と車両規定を理解しなければならず、実技は競技規定に従い走行しなければならない。1周6・3kmのサーキットを3分前後で周回できなければ合格はできない。平均時速120km以上となる。

試験の前日に、知り合いから借りたトヨタカローラ（競技車両）で練習走行を行いました。車の性能は良好だが、旧型ということで足回りが弱く周回を重ねたが、タイムは3分ギリギリだった。そして当日試験を受ける。学科、実技も予定通り無事に終える。念願の国内A級ライセンスを獲得することができました。

1971（昭和46）年、十九歳、夏の終わりだった。

レースに出場するには、競技車両を購入しなければならない。本格的にレースをやるなら、借り物では通用しない。そこで購入しようと、レース関係者の間を駆けずり回った。そして友人を通じて掘り出し物、日産サニー・KB110東名フルチューン仕様が見つかった。車両代金50万円で譲りたいとの話だった。こんなチャンスはないと思い、買うことを前提に試乗させてもらうことにした。

するとそれは鈴鹿サーキット、1周6・3㎞を2分30秒台で周回できる驚きのレーシングカーであった。やはり金のかかった車は速い。この車だったらいい成績が出せる。是非とも買おうと金策を練ることとした。必死になって40万円を集めたが、あと10万円がどうしても集めることができなかった。

この車の持ち主に、譲渡期限をもう少し待ってくれないかと頼んだが交渉は決裂した。泣く泣く諦めることとなった。もし、この車で鈴鹿シルバーカップレースに出場できれば、表彰台に立つことができたかもしれない。もし、車を購入できたとしても、レースにかかる費用は莫大なため、後々考えてみれば、諦めてよかったかもしれない。まだまだ計画性のなさというか、自分の考えの甘さが情けなく思えた。

ジムカーナ

ジムカーナとは、主に自動車学校などの敷地内を利用して、指定されたコースを一台ごとに走らせ、タイムアタックする競技である。ノーマル車、改造車を排気量別にクラス分けして、タイムで順位を決める競技である。

レースと違い一発勝負である。自動車免許の実技試験と同じく、コースを間違えればその時点で失格となる。出走前に十分にコースを下見してコース取りをしっかり頭に入れてアタックしないと速いタイムは出せない。また、ライセンス資格は国内B級以上であれば競技ができる。エントリー費も安く、手ごろに楽しめるモータースポーツである。

今度はジムカーナに挑戦することになった。私は改造車１３００㏄クラスでエントリーしました。このクラスはエントリー数が最も多いので競争率が高いが、初戦ながら7位入賞と健闘しました。これまで様々なモータースポーツにチャレンジしてきたが、このジムカーナが自分自身に一番見合っている競技スポーツに思えてきた。

そして次々に競技エントリーして、表彰台に登れそうな位置にまで近づきました。このジムカーナの世界でも、お金のかかった車はやはり速い。ある程度のテクニックがあっても、お金をかけた車には勝てないのだ。

そんなある日、私のもとに2座席レーシングカー（ホンダ５００カンナムセブン）を売りたいとの話が舞い込んできた。売価は30万円とのことだった。以前、レース仕様車を購入するために必死にかき集めた金、40万円がそのままになっていた。この金は自分が借金して集めた金だ。いつかは返済しなくてはならない。

いつものごとく軽い気持ちで欲しいものは欲しいと、すぐに飛びついてしまう性格である。早速、その売り主に連絡を入れ、2座席レーシングカーを見に行くことにした。そしてその車を見てガッカリした。

確かに2座席レーシングカーだが、全体的にボロボロで、使い物になるか判断がつかない。万が一エンジンがやられていたらお釈迦だ。そこで値段交渉となった。交渉の末、20万で購入することにした。

ボロボロの車を修復するのは大変な作業だ。また、時間も労力も費用も相当掛かりそうだった。結局、修復するのには、交渉して値引きしてもらった以上に金がかかってしまった。そして初の改造500ccクラスでエントリーすることになる。

この日は鈴鹿サーキット（ジムカーナ場）で開催となった。このクラスは、いわゆる軽四輪360ccを500ccにボアアップした競技用の改造車が出場するクラスである。エントリー台数は、30台以上というメジャーなイベントである。そして競技にて初戦ながらも、いきなりクラス3位となりジムカーナでは、これが初めての表彰台となった。

これを皮切りに出場すれば必ず上位入賞を狙えるようになった。そしてJAF公認国内競技のポイント（年間入賞数）も稼ぎ、国内A級から国際B級に昇格した。その後、レーシングチームから声がかかり所属することとなった。

競技会の話題

この頃、中嶋悟（元F1レーサー）もジムカーナにエントリーしていました。愛知県のトヨタスピードランドでジムカーナ競技があった。彼は改造車1600ccクラスでマツダのカペラでエントリーしていました。自慢話ですが、彼とクラスは違いましたが、結果、私の方がタイムは速かったと記憶しています。当時の中嶋悟はレースもやっていたようですが、世間には知られる存在ではなかったようです。

中嶋悟がレーサーとして認められるようになったのは、フォーミュラカーへの転向がきっかけだったらしい。FL500（リブレ）から芽が出て、FJ1300（ジュニア）へと進み、次々に好成績を収めた。そして全日本F2選手権でチャンピオンとなった。この成績がホンダに見込まれ、日本人初のF1パイロットになったと聞いている。

また、レースファンだったら誰でも知っているレーシングドライバー、大先輩の星野一義さんもジムカーナにゲストエントリーしていました。当時、日産のファクトリードライバー（SCCN）の一員としてサニークーペ（KB110）で活躍されていました。各種のクラスにチャレンジし好成績を上げられ、最終的に全日本F3000選手権で日本チャンピオンとなった日本一速い男です。

そんな星野一義さんと西日本ジムカーナ選手権（琵琶湖スポーツランド）で一緒になったことがあります。レースだけでなく、ジムカーナをやらせても、とにかく速い男です。こんなメジャーな方と顔合わせできたことが印象に残ります。

ジムカーナ競技は規制されたコース内を単独で走り抜くタイムの勝負である。そして、レース競技はサーキット内で複数の競争相手と自分たちのチームワークで勝敗を決めるものだと思う。私は自動車競技を通じていろいろと学びました。

1971（昭和46）年、十九歳～1974（昭和49）年、二十二歳で卒業した。

サーフィン（波乗り）に出会う

1974（昭和49）年、二十二歳の夏。

友人に誘われてサーフィンを体験することとなった。サーフポイントは愛知県の渥美半島で、太平洋沿岸には幾つかのポイント（波の上がる場所）がある。友人の案内で初心者でも容易にできるポイント、赤羽根ロングビーチへ行くことになった。

朝早く友人と待ち合わせ、高速を走って2時間ぐらいでサーフポイントの赤羽根ロングビーチに着いた。私は板（サーフボード）を持っていないので、友人のボードを借りてやることにした。友人のサーフィン歴は2シーズン目であった。その友人は波を手際よくかき分けサーフスポット（良い波が立ち上がる場所）へ向かって行った。

そして波が立ち上がり、友人はその波に乗ろうとするが上手くボードのデッキ（表面）に立つことができない。その恰好《かっこう》を見て波に乗るというよりは、波にもまれているように見えた。友人は私に良いところを見せようと何度もチャレンジしたものの、力尽き、この場は諦めて岸まで戻ってきた。

サーフィンとは俊敏な動作とバランス、そして体力を要するスポーツである。良い波の上がる場所へはパドリング（両腕で漕ぐ）をして幾つかの波をかぶり乗り越えなければ到達することができない。そしてサーフスポットに到達したらボードにまたがり良い波を待つ、波が立ち上がってきたら徐々にパドリングしながら押し、波の力を利用してボードを走らせる。素早くボードの上にバランスよく立ち、波に乗りながらボードを自分の思うようにコントロールさせ、滑走させるスポーツである。

そして、友人から上手く波に乗るためのアドバイスをもらい、ボードを借りてチャレンジすることとなった。私はサーフスポットへ近づこうとひたすらパドリングするが、次々と来る波にもまれ前に進むことができず岸まで押し戻されてしまう。必死で進もうとパドリングするが体力の限界、サーフスポットまで行くことができなかった。

サーフスポットへは諦め、岸に引き返そうとゆっくりとパドリングした。岸に近づくにつれ引き波が起こり、大きくなって波が崩れ、白波（スープ）が立つ。その崩れた白波がボードを押し出し滑り出した。その瞬間、ボードにしがみついた。ボードは波に押され加速していく。そしてデッキに立とうとしたが、バランスを失い転落してしまいました。この一瞬の感覚でテイクオフのコツ（要領）がちょっと分かった気がした。

そしてこの感覚を忘れまいと白波が立つ場所で練習することにした。崩れた波はパワー（ボードを押す力）がそんなにないので、波に乗るタイミングをつかむ練習には欠かせない。これを繰り返すことで波に乗るタイミングが徐々に分かってきた。少しでもわかると面白くて楽しい。デッキに立てるまではいかなかったが、しゃがめる（低い姿勢）までになった。こうして、楽しい日はここまでとなった。

サーフィンを初めて体験して感じたことは、体力がないとできないということである。主に腕力を使うスポーツである。体力を使いすぎると非常に疲れる。非常に疲れると嫌になる。嫌になれば面白くも楽しくもない。しかし、ちょっとでもコツをつかめば嘘のように体が軽くなり、疲れを感じない。絶妙なタイミングとバランスがポイントとなるスポーツであると感じた。遊びでも仕事でも同じこと、中途半端では成り立たない。何事も集中しないと目標は達成できない。私はサーフィンを克服してやろうと決めた。

サーフボードを購入するため、友人とサーフショップに行った。ショップの店員に私の身長、体重を聞かれた。最初、この質問の意味が分からなかったが、これはその人の体型に合うボードを探すためである。例えば体重のある人には浮力のあるボードが適当とされる。体重がない人でも初心者は比較的浮力のあるボードを選ぶことで、テイクオフ（ボードに乗る）がしやすいということである。

私に適したサーフボード（中古）を並べてもらい、その中から購入することにした。そして友人と毎週末、海に行くことになった。サーフポイントはその状況で波の質が変わる。そのポイント地点を眺め、うねり（波長の長さ）の入りと潮の流れ、風向きを見てポイントを決める。安易に海へ入っても良い波が来ないこともある。

これらポイントの状況を判断することは大事だが、もっと大事なことがある。それは前日、前々日の天気図（新聞）を見て海の状況を判断することである。天気図には晴れ、曇り、雨、低気圧、高気圧の大きさ、等圧線の広さ、狭さ、風向きなどが記されている。天気図を前もって把握して行かないと、時間（機会を逃がす）と労力（心が折れる）と経費（見合わない）など無駄にする。結果的に早く良いポイントに辿り着けないということである。このサーフィンを通じて学ぶことは沢山ある。

こうして絶好のポイントを求めてサーフィンに集中しました。そしてサーフィンを継続、反復、確認しながら練習することによって効果が上がり、自分の好きな波（膝から腰ぐらいの波）が来たときは、ボードの上に立てる（テイクオフ）までになった。

また、パドリング（波の速さに合わせ漕ぐ）からテイクオフ（ボードに立つ）する時、重心がちょっとでも前にズレると、ボードが波の下部（ボトム）に突き刺さり（パーリング）、身体が波の底へと引きずり込まれ、息もできない状態になる。大きく強い波が来たときは恐怖感を覚える。何回も溺れそうになったこともある。

ある日、台風が沖縄周辺に近づいているときに、赤羽根の港《みなと》というポイントに行った時のことである。日本列島に台風が近づくと、時と場合によっては、うねりが綺麗に入り、波も大きくパワーがあり絶好のサーフィン日和となることがある。私たちは沖を眺めて波の大きさに驚きました。波の大きさは目測で5ｍ以上、その波が迫ってくると赤羽根港の防潮堤が完全に隠れてしまうぐらい大きな波が立っていました。こんな荒れた海に3～4人のサーファーが、その海に入っていました。

私たちは無論のこと、この海に入る勇気はありません。おそらく地元のサーファーでも、こんな状況では海には入らないでしょう。この人たちは一体どこから来たサーファーなのか見当もつきませんでした。さて、この大きな波に乗れるか（ライディング）、私たちは観察することにしました。

そして、そのサーファーたちのパドリングを見ると初心者に思えた。時間が経つにつれ海の状況はこれまで以上に大きく荒々しくなり、そのサーファーたちはどんどんと沖に流され（カレント）はじめた。沖はさらに大きな波が立ち、そのサーファーたちはあっという間に波に隠れ見失ってしまいました。

こんな荒れた海で救助どころか、どうしたら良いのかわからない。どうすることもできない私たちは、ただ単にそのサーファーたちを見守ることしかできなかった。後になって分かったことだが、そのサーファーたちの2名が亡くなった。こんな事故がありながら、性懲りもなく私たちはサーフィンに打ち込んだ。

そしてサーフィンすること5年目の夏がやってきた。友人には及ばないが、自分でも随分うまくなったように思える。そして、いつものポイントでサーフィンを楽しんでいました。この日はオフショア（陸から海に風が吹く）で、ぅねりが間隔よく入り、波質の良い絶好のサーフィン日和だった。良い波は疲れることなくライディングできる。

サーフィンの技量（テクニカル）をつける練習にはもってこいの条件だ。私はカットバックという技を練習することにした。カットバックとは、波のパワーが落ちる前にボードを波の上部（リップ）へ走らせ、ボードの向きを鋭く回旋させて波の下部（ボトム）へボードを走らせて、再び波のパワーをもらいライディングできるようにするテクニック（技法）である。この日はカットバックをしっかりと練習し、自己満足におぼれていた。

この日、サーフィンは楽しく終わった。帰り際に地元のサーフショップの人からサーフィン大会の知らせがあった。時は、来週の日曜日、サーフショップ合同のサーフィン大会を開催するとの話だった。その話を聞き友人が私の顔を見て、「一緒に大会出てみようかぁ」と誘ってきた。私は一瞬戸惑ったが、体験することが自分の成長につながると思い、エントリーすることにしました。

そして、大会の日がやってきました。参加者は顔なじみも多く、40人ぐらいが集まりました。8組に分かれ技量を競う大会である。ジャッジ（審判員）は主催側が務める。当日の大会ポイントは穏やかすぎて波が小さ過ぎる。ジャッジの判断でポイントが変更となった。

ちょっと地形が変わるだけで波の立ち方も変わってくる。こんな穏やかな日はポイントを探すことが難しい。波は小さいがこの場所だったらできるとジャッジの判断が下った。そして早速予選が始まりました。友人は1番組でスタートでした。ヒート（競技）時間は20分間、この時間内で何本乗れるか、それとも良い波を選んで高得点の技を狙うかである。

その友人は良い波を待ちロングライディング（長く波に乗る）が決まり競技を終えた。私は4組目からのスタートとなった。私は本数を稼ぐため、岸に近いところで波を待った。時には崩れた波（スープ）でも積極的にテイクオフ（板の上に立つ）した。ライディングは短かったが、6本以上はテイクオフしたと思う。そしてホイッスルが鳴り私の組は競技終了となった。時間が経つとともに波の質も変わっていく、その波に乗るか乗らないかは技量次第である。そうこうするうちにすべての組の競技が終わった。

予選の結果、友人と私は準々決勝に進むことになりました。そして競技は友人たちの組からスタートした。潮の流れも変わり、サーフスポットでの波の取り合いとなった。友人は予選と同じく沖に出て良い波を狙って待ったが、トライできず時間切れになってしまった。そして私は最後の組でスタートした。予選と同じくサーフスポットまで行かず、その間の波を本数で挑んだ。競技中、焦りもあったが本数は稼げた。そして準々決勝の結果、友人は敗退となり、私は運よく準決勝に進むこととなりました。

何だかこの日は不思議な予感がしました。事が自分の思った通り上手く運んでいく。この調子で行くと決勝に残り、優勝するかもしれない。こんなことを心の中で感じました。そして予感通り決勝に進むことになった。決勝では波も味方してくれたのか絶好調のライディングができ、優勝してしまった。こんなことが本当に起きるとは、自分自身が驚かされた。自分を褒めるのもおかしいが、「お見事、優勝おめでとう」よくやった。

1979（昭和54）年、二十七歳の夏のことである。

将来を考える

これまで自分の行く末も決められず、やりたい放題の人生をやってきた。ここにきて将来について考えないといけないと思い始めました。このまま喫茶店に身を寄せ、店主の誘いに甘えて店を任せてもらい生涯を過ごすかを考え悩んでいた。

そんな矢先に突然、父から連絡があった。私が就職もせず、フラフラしていることを叔母から聞いて心配しているようだった。あれから父とは何年も会っていない。父のことは嫌いだったが、大事な話があるとのことで会うことになった。その話とは、就職のことだったが、私は今お世話になっている喫茶店で経営をやってみたいと父に話した。私の話に父はあまり良い顔はしなかった。

今となって私のことを心配するとは以《もっ》ての外《ほか》と思った。父は真剣な表情で私にこう言った。「安定した職業についてほしい」。お前の就職先は責任もって探すから、頼むお願いだと言われ、私は言い返す言葉もなかった。こんなふうに私のことを真剣に考えてくれる父が何となく頼りに思えた。

これからの将来を自分一人で、あれこれと考えて悩むより、父の言う通り会社に就職して安定した生活になるならば、その通りにした方が良いと思った。そしてこれを機に今までお世話になった店主に事情を話し、喫茶店を卒業することにした。

就職先が決まる

1972（昭和47）年、二十歳。

父の紹介によって事務機器の販売会社に営業志望で就職することとなりました。だが、営業ではなくリコー販売部配送課の配送係として勤務することになった。配送課は商品課から出庫された消耗品または事務機器など商品を客先へ配送する業務を行う。いわゆる配達作業である。この業務をひたすら2年間経験させていただきました。

この部署の業務で勉強になったこと。伝票と商品の照合、納品順の積み込み、荷物を固定させるためのロープワーク（結び方）、無駄な時間をかけない配送ルートなど、いろいろ経験し学ばせていただきました。

そして次の部署、商品課へ異動することになりました。商品課は営業から指示を受け、その指示に従い商品を出庫し、配送課（以前の部署）へ配送依頼する業務を行う。この業務を約2年間経験させてもらいました。

この部署を通じて勉強になったこと。商品の発注と仕入れ金額の照合、商品の入出庫管理と在庫商品の整理整頓などを学ばせていただきました。

こうして各部署を経て基本を学び、憧れの営業に進むことになりました。上司から、「これまで配送業務、商品の管理業務を経験してもらったことは営業となる下積みであり、これからは営業職として販売に注力し、懸命に努力してくれることを期待したい」との言葉をもらった。

そして営業部に異動となりました。私は営業に就くまで4年余り掛かりました。大卒は、私みたいに長い下積みはなく、一時を経験すれば営業に就くことができる。「この世は学歴社会なんだぁ！」と、何だか悔しい思いをした。

リコー販売部で複写機販売を担う

1976（昭和51）年、二十四歳。

前部署にはなかった自分専用の机、ポケットベル、セールスカバンなどが用意され、これまでの待遇とは全く違う気分である。また、営業として商品課への指示も出せる。何だか偉くなった気分だった。と言っても、すぐに営業活動ができるわけではない。誰もが営業の基礎を学ぶためリコーの研修を受けることとなる。

当時、福井県のリコー研修センター（敦賀荘）に全国から新人のセールスが集まってくる。そして、一週間の缶詰研修が始まる。まずは教官から研修の日程と内容について説明を受け、それに従って進行される。

初日に研修会場に集まった研修生および教官ならびに関係者、約100人の前で、研修生は一人ずつ順に自己紹介をすることとなる。こんな舞台（壇上）に立つのは初めての経験で、私はさすがに緊張しました。

私の番が近づくにつれ、心臓がドキドキからバクバクへと変わり、そして自分の番となり、壇上に立った途端、放心状態になった。頭が真っ白になり、その場で何をしゃべったのか分からなかった。自己紹介が終わっても身体の震えが止まりませんでした。研修生の自己紹介は終了し、次のステージ（段階）に入る。

ここから本来の研修となる。講師から営業の心得、お客様の心理、接客応対などについて研修を受けることとなった。グループ当たり8名ぐらいに分けられ、そのグループごとに課題が与えられる。そしてグループ討議となる流れだ。そのメンバーから議長と書記を選出しなければならない。この役目に立候補する人は誰もいない。決まらないと討議を始められない。メンバーのひとりから阿弥陀くじで決めるのはどうでしょうと声が上がり、メンバー全員一致で阿弥陀くじに賛成した。

そして、その阿弥陀くじに祈りを込めて自分の名前を書いた。どうかこの役が私に当たりませんようにと祈り続けた。もし、何もわからない私に役が当たったらどうすれば良いのか見当もつかない。結果、他の人に議長と書記が決まり緊張は解けた。そしてグループに与えられた課題に対し議長の進行となりました。

与えられた課題に、メンバーからの活発な意見が飛び交い、私は圧倒されました。自分を除きメンバー誰もが物事に対する判断力と、それを解決しようとする能力を身に付けており、私から見れば凄い奴らの集まりだった。本当にこの人たち新人なのかと、疑うばかりでした。この討議に入れない自分があまりにも情けなく学力の差があることを痛感した。

グループ討議は、課題解決に向けトントン拍子に進み、解決策のまとめに入りました。すると講師が私たちのグループにやってきて、そのまとめ（発表用紙）に書かれた内容を見て、メンバー全員に質問されました。どうやら講師は、そのまとめがメンバー全員の意志が入った内容になっているかどうかを確認することが目的のようで、それに応えられないと、何度もやり直しをさせられる。いわゆる連帯責任、まるで軍隊教育とも思えた。

講師からの質問にメンバーの皆さんは上手く答えていました。そして私が質問され、その問いかけに上手く答えることができませんでした。結果的に私のせいでやり直しとなり、まとめるまでに随分遅くなってしまいました。恥をかくのは承知していましたが、こんなに難しい研修を受けないと営業ができないのかと、私は考え悩みました。自分にとってこの研修が初体験であり、人生で一番長い日に感じた。

二日目は、朝五時に起床して約5㎞のランニングから始まる。走り終えてからの朝食は最高に飯がうまい。今日の研修は午前八時から開始となる。昨夜遅くまでかけて、まとめた内容を発表する日である。発表は、グループの推進役を務めていただいた、議長がすることになった。そして各グループの発表が始まった。

私は、そのグループごとの発表を聞きながら、どこのグループもレベルが高いと感心しました。グループごとに与えられた課題に対して、メンバー全員で取り組み、真剣に意見を出し合い、解決させていくことの意味が、何となく分かった。

グループの発表が終わり、講師ならびに関係者からの総評となった。総評の結果、私たちのグループは3位に選ばれた。グループのメンバーとして上位に選ばれたことは、大変喜ばしいことだが、私自身は喜ぶことができなかった。

私はグループ討議の最中、意見を求められても上手く答えられず、人の意見を聞くだけだった。また、講師からの質問にも答えられず、まとめのやり直しをさせられて迷惑をかけた張本人でもある。メンバーの皆さんに迷惑をかけたことを改めてお詫びした。こうして二日目が終わりました。

研修は三日目となった。昨日までのメンバーが講師の指示で、全員入れ替わることになった。ようやくメンバーとの交友関係ができた矢先のことだった。会話にも慣れ、意見のやり取りもできるようになったのに、どうしてメンバーを入れ替えるのか、私には意味が分かりませんでした。

そして、メンバーの顔ぶれも一新される。そのグループに新たな課題を与えられ、再び、そのメンバーの中から議長と書記を選ぶことになる。今度のメンバーは、ガラリと変わり社交性の高い人が集まったグループとなった。「この人たちもとても新人には思えない」、私はベテランのように感じた。その人たちのおかげで、議長も書記もすんなり決まりました。こうして議長進行でグループ討議を始めることとなった。

議長から「今日は宿題（課題）を早くまとめて終わりましょう」と声が上がった。メンバー全員がそれに同調した。私は前回の失敗を教訓として、今度こそメンバーに迷惑をかけないよう心掛けてグループ討議に入った。私は教訓を生かし積極的に自分の意見を述べ、議事進行に貢献したと思う。

このメンバーは議長の進行もよくまとまりもある。前回のメンバーとは異なり、テンポ（効率）が良い。そしてまとめは滞りなく終了した。そこへ講師が現れ、まとめられた内容を確認する。すると講師に「こんなまとめで解決するわけがない」、「もっと考えてやれぇ」と、前回と同じようにやり直しをさせられる。夕食後も引き続き討議をやらされ、前日と変わらぬ時間で終了した。うんざりする一日だった。

四日目、同じように各グループの発表から始まる。今度はメンバー全員が壇上に立ち、課題解決策のポイントをメンバー全員で発表させるやり方だ。講師並びに関係者から発表メンバー全員に質問される。そこでメンバーが応答できないと、連帯責任を取らされ再発表することとなる。そして私たちのグループは3回目でやっとクリアーできた。他のグループもやり直し、繰り返しをやらされていた。非常にストレスが溜まる一日となった。

五日目、ロールプレイングについて研修が始まる。ロールプレイングとは、お客様との対話を想定し、その事柄が実際に起こったときに、適切に対応できるように模擬体験して学ぶことである。これらの関わる問題点や課題点に対する解決方法（知識、技能の習得）をしっかり学び、感想文を書かされ一日が終わる。

六日目、実践に通用するための接客応対について研修が始まる。それに際し、またもやグループのメンバーチェンジとなった。今度はグループ内で役柄（セールスとお客）を決め、研修で学んだことを活かしグループ内で接客の模擬体験をするのである。

この接客応対については、喫茶店のアルバイト時代に接客マナーの指導を受け、実際に体験しました。これまでのグループ討議について私は引っ込み思案だったが、題目の接客応対については自信があった。

新たなグループながら、私は率先して進行役を務めることとなりました。メンバーの皆さんも私の意見に従ってもらい役柄も決まり、模擬演技となりました。私は、その互い（セールスとお客）の演技に、まるで映画監督のように指揮を執りました。メンバーの皆さんも真剣に取り組み演技が盛り上がりました。リーダーシップを発揮した一日だった。

七日目最終日、いよいよ本番のロールプレイングが始まる。本番は、壇上が劇場に変わり、客席には講師並びに関係者と各グループのメンバーが演劇を鑑賞する。お客様役には選ばれた講師、セールス役は各グループのメンバーから選出された者が出演する。

そして各グループの開演となった。模擬とは言うもののみんな真剣である。また、お客様役を演じる講師の迫力がすごく、セールス役を演じる皆さんは圧倒されながら必死になって応対しており、その姿を見て気の毒になりました。ここまで努力（我慢）しないといけないのかと、接客について考えさせられました。

そして全グループの演技が終わり、講師並びに関係者の総評になりました。代表の講師からの総評を受けることとなり、次のような話があった。

「ロールプレイングはなぜやるのか、皆さんは模擬演技を見てお分かりになったと思います。

接客とはマナー（礼儀）であります。礼儀を知らない者は商売できません。お客様と良い関係を作るには、礼儀正しく良い印象を与えることが大事であります。そして身だしなみ（髪形・服装）、挨拶（明るく・お辞儀）、表情（見た目）、態度（落ち着き・振る舞い）、言葉遣い（敬語）などはセールスマンの基礎であります。お客様の立場で、お客様が何を求めているかを感じながら、その場に適したサービスを提供することが本来の目的であります」

こうして長かったような短かったような新人研修が終了した。

私は社会人になって初めて経験する研修でした。この研修を通じて学んだことがいくつかあります。ビジネスマナー、グループ討議のやり方、ロールプレイングなどを通じて、この研修で知り合った人達と自分を比べ、知識（豊富さ）、技術（手段や方法）、人間性（会話力）など大きな差を感じました。これを機に努力を重ね、誰からもどこからも求められるセールスマンを目指して頑張ろうと思いました。

セールス活動

研修を終え、いよいよセールス活動が始まる。まず、最初にやることとは、飛び込み活動である。これから自分が担当するエリアへ上司と同行する。私は初のセールス活動に、わくわく、ドキドキしながら、気持ちを高ぶらせていました。この日は上司と一緒に訪問活動をして、そのお手本を教わるのだと思っていました。

ところが、上司から出た言葉は「今からやること」は「訪問先の担当者の名刺」を「100枚もらうこと」。これだけをやってくださいとの指示だった。私は上司に「名刺を100枚もらうだけですかぁ！」と、再確認しました。その上司は、私に「言われたことだけやればいい。余計なことは考えずにやりなさい。これが今日の仕事だぁ！」と言われました。私は言い返すことなく上司の指示に従うことにした。

私は、名刺100枚ぐらいもらうだけなら、簡単なことだと思っていました。そして研修で学んだロールプレイングを活かし、そのエリアの企業に飛び込むことになった。セールス初の実践である。私は緊張のせいか、ちょっと言葉を詰まらせ、学んだとおりの挨拶から始まった。「こんにちは、私、このエリアを担当します」「リコー販売部の伊藤と申します」「本日はご挨拶に参りました」と、カウンター越しの一番近い席に座っている女性事務員さんに声をかけました。すると、その女性事務員さんが僕の方にやってきて「売り込みだったらお断りします」と、冷たい視線の対応だった。その場で返す言葉はなかった。

こうして私は屈辱を感じながら、次の企業へ飛び込み活動を続けました。定かでないが60件ぐらい飛び込み訪問しました。そのうち名刺をもらえたのは、わずか3件でした。飛び込み活動を通じて、研修で学んだこととは、随分違うと痛感しました。そして飛び込み訪問を継続するとともに、お客様とのきっかけづくりも徐々に慣れてきました。研修で学んだことは基礎であり、継続することが発展であると実践で学ばせてもらった気がします。

セールスになってから早くも一年が経ちました。継続する飛び込み訪問の成果もあって、見込み客も約100件つくることができました。セールス活動にあたっては十分な件数である。ノルマ（販売計画）はあるものの、未だに販売実績はゼロである。そんな私をクビにもせず、給料が下がることもなく、ましてボーナスまでもらえる。私は会社に対して申し訳ない気持ちでいっぱいでした。

こんなに一生懸命にやっているのに「何で売れないのか?」、「いつになったら売れるのか?」と悩む日々が続いた。このままでは会社にいる意味がない。「セールス失格である」。今後、実績を上げることができなければ、いっそ会社を辞めた方が良いと考えていました。そして、父に会社を辞めたい理由を話しました。

自分は「未だに実績がない」、「セールスに向いてない」、「会社に迷惑をかけている」。だから会社を辞めたいと相談しました。すると父は「辞めることは簡単」、「続かないなら辞めればいいことだ」と言った。そして父は私に「クビだと言われるまで使ってもらえ!」あとは自分で考えろと強い口調だった。久しぶりに怒鳴られ父が頼もしく見えた。この父の言葉にもう一度頑張ってみようとセールスを続けることにした。

そしてリコーの研修で学んだことを思い出し、これまで実践したセールス活動と照らし合わせ、売れない原因を洗い出すことにしました。リコーの研修テキストを取り出し、「面接を売る心構え」十訓を参照した。

意識の五訓

1　お客様は、きっと会ってくれる
2　お客様は、必ず私を気に入ってくれる
3　私は、お客様が大好きだ
4　私は、お客様の役に立っている
5　私には、激しく情熱がある

行動の五訓

1　礼儀正しく振る舞う
2　自信に満ちた声を出す
3　明るく微笑む
4　胸を張り堂々と歩く
5　明るい声で落ち着いて話す

「意識の五訓」と「行動の五訓」の意味を一つずつ理解し、セールスとして「何故売りにつながらないのか？」を考えてみました。よく考えてみれば「意識の五訓」は自分自身の心持ちである。「行動の五訓」とは相手に良い印象を与えることである。この「行動の五訓」に対し、自分として出来ているつもりでも相手から見ればどうなのか？　自分では分からないことです。そこで見込み客リストの中から、親切にしていただいているお客様に思い切って意見を聞くことにしました。

そして、お客様から頂いた多くの意見は「役に立とうとする熱意は伝わる」が、「遠慮気味な提案が弱々しい」、「嫌われたくない気持ちが先立つ」、「相手の話を聞き出すことが下手」、「自信がなさそうで頼りない」などで、セールスとして欠けたところが多々あった。決定的なことは「売り込もうという気持ちが見られない」ということだった。

また、あるお客様からこんな意見もあった。どんなに熱心に通ってもらっても提案するだけで、「売り込みがなければ」検討することも、購入することもできない。これらの意見を聞くまでは、ひたすら訪問活動をすること、さり気なく商品提案をすることを継続的に行動すれば、お客様から良い話が聞けると思っていた。

こうしたアドバイス（忠告）やヒント（手掛かり）をいただいたことで、セールスとは「売り込むこと」で訪問と提案するだけでは成り立たないことがようやく分かった。地道な行動は今までと変わらないが、お客様から学んだことを教訓として、売り込みを意識するセールス活動に変えていきました。

常に「お客様の話をしっかり聞き」、「求めているものを理解し」、「お客様の立場となって考え」、「最適なものを提案し」、購入に向けた説明がしっかりできるよう心掛けました。そして通い続けたお客様から安心感があると信用をいただき、図面用のジアゾ・コピー（湿式青焼き）の受注をいただきました。

セールスになって初めての体験、初めての実績となりました。この時の感動は今でも忘れません。この1台を皮切りに次々と売りにつながっていきました。

この年、リコーの真夏の戦いと称し「ブレイジングコンテスト」が始まった。このコンテストは、毎年7月から9月までの期間販売台数を競う大会である。余談だが「ブレイジング」とは「燃えている」と訳す。表記を「クレイジー」に変えれば、「気狂い」となる。このクソ暑い夏の期間、リコーのセールスは、みんな頭がおかしくなり、気が狂ったかと、思われるぐらい客先を駆けずり回るコンテスト（クレイジーコンテスト）に初チャレンジすることになりました。

リコー複写機（PPC・ジアゾ）を機種別にポイント化し、販売台数と獲得ポイントを集計し、期間内で地域別クラスと全国総合で順位を争う戦いである。私はワクワクしながら新人クラスで戦うことになった。これまで開拓した見込み客を絞り、売るための創意工夫と売るための引き出しを増やし、獲得（販売）に向かって日々を駆けずり回った。コンテスト期間中、週ごとに支店から順位表が送られてくる。これを見せられ、自分の順位を確認するたび精神的に追いやられてしまう。「何でこんなコンテストにチャレンジしたんだろう？」と、思いながらも必死に販売活動を続けました。

そして真夏の戦いは終わりました。初チャレンジの結果は全国クラスでは全く目立ちませんでしたが、地域別クラスでは真ん中ぐらいと納得できる成績でした。全国のトップクラスの販売獲得ポイントは、自分とは比べものにならない数値で驚きを感じました。

ある日のことです。メーカー（支店）から地域販売の担当者が突然やってきた。パンチパーマに色付きメガネ、派手な縦縞スーツ、一見しただけで不快を感じるこの男、㈱リコー名古屋支店販売課係長の「G氏」である。こんな人がメーカーの社員とはとても思えなかった。

そして、その人の挨拶から始まった。「今日から皆さんと一緒に仕事をさせていただきますGです。よろしくねぇ！」と、軽々しい挨拶だった。私は、第一印象からこの人とは仕事を一緒するのはごめん被る（嫌だ）と思っていました。その時、何だか嫌な予感がしました。悪い予感は当たるものです。私が予感した通りこのG氏と、これからコンビを組んで仕事をすることになってしまった。

そして同行訪問が始まりました。どこへ行こうが、G氏と同行して感じることは、たとえ相手がお客様であろうが横柄で態度がでかいことです。同行していてヒヤリとすることが度々ある。今後、お客様に悪い印象を与えないかと心配になります。

また、G氏から訪問前に必ず聞かれることがあります。それは、お客様（訪問者）の性格（人間性）と志向（考え方）についてである。販売の見込み度などは一切聞かない。相手（訪問者）の性格や志向が気になるらしい。

訪問先を訪ねると、G氏が私に、言った通りに話をしろと指示する。そしてお客様との面接となり、事が上手く進まないと、イライラしながら「言った通りに何故できないの！」と叱ってくるが、こちらは意味が分からない。こんな日々が苦痛となり、私の上司に「G氏と仕事することはもう限界です」、「担当を代えてください」と強く訴えました。しかし上司にはそのうちメーカーに帰るから辛抱しろと言われた。この上司はメーカーが怖いのか、何か頼りがいのない上司に思えた。

何だか気分を害する。「こんな会社にいても将来はない」、「いっそ辞めた方がましだ」と思うようになった。何気なくこの心境を父に伝えようか迷った。そんな時、ふと父に言われたことを思い出した。「やめることは簡単だ」「嫌なら辞めればいいことだ」「クビだと言われるまで使ってもらえ！」この言葉だった。

以前、会社を辞めたくなって父に相談したことは、セールスとして成績が上がらず不安となり、続ける自信がないということだった。そして今回の理由は、この人と相性が悪く一緒に仕事することが単に嫌なだけである。こんなことを父に相談すれば同じような言葉が返ってくるだろう。

もう一度頑張ってみようと気持ちを入れ替えた。「嫌なことも修行だと思え、辛抱が足らない」と自分に言い聞かせました。こうして単純ながらセールスを続けることにした。慌ただしく日々が過ぎていき、あれほど嫌だったことも慣れたのか気にもしなくなった。

ある日、午後からの訪問予定を決め、客先へ向かう途中のことでした。突然、行き先が変更された。G氏と運転（営業車）を代わり向かった先は、ゴルフ練習場でした。私はここで営業をすると思っていました。そして練習場の受付に行き、G氏がとった行動に唖然としました。それは練習場の打席と貸クラブの申し込みだった。

今ここで何をするのか私には見当もつきませんでした。G氏に従い受け付けを済ませゴルフの打席まで一緒に行きました。G氏は今からショットの練習をやると言い出しました。私はこのショット練習の意味が分かりませんでした。そしてG氏に訳を尋ねた。返った言葉は、「リラックス」の一言でした。

リラックスとは、気分をほぐすとか緊張を解くとか意味はたくさんあるが、この言動にどんな意味があるのか理解することができなかった。「まぁいいやと思い」、G氏に従いショットの練習に入りました。ゴルフはちょっとかじった程度だったので、方向も距離も定まらず上手く打つことができません。

G氏のショットを見ても私とどっこいどっこい（同じ程度）に思えました。リラックスして練習をやる中、G氏に仕事の話を切り出しました。すると、G氏は強い口調で「今日は仕事の話はしない！」、「球に集中しろぉ！」と叱られました。まさか仕事の話をして叱られるとは思いもしなかった。

後になってこの意味がよく分かりました。仕事でも遊びでも目的・目標に向かって「集中して成し遂げる」ことが重要だった。何だか分からないが、G氏をもっと知りたいと、興味を抱くようになった。こうしたセールス活動の「反復」・「継続」・「確認」を行うことで、お客様との応接に変化が見えるようになってきました。

以前のことだが、私はお客様から押し（販売力）の弱いセールスだと、ご指摘を受けました。それにより販売力の強化に専念した結果、徐々に販売成績を上げられるようになった。だが、G氏に指摘を受けるようになってから以前よりずっと販売がスムーズに流れるようになった。確かにセールスのやり方が変わったのかも知れない。

お客様の面接に際し、表情（顔つき）をよく観察するようになった。お客様が「機嫌がよいか悪いか」、「忙しいか暇か余裕があるか」、「話に興味があるか無いか」など、その状況を察知して、タイミングを計らいながら用件に入る。そしてお客様に問いかけ、どんな表情をするか把握したうえで、「お客様の求めているものは何か？」、「何を考えているのか？」、「どんな思いでいるのか？」、これらを蓄積することにより、概ね人柄（人間性）を読む（本音を聞き出す）ことができるようになった。

これによって、面接の仕掛けも容易にできるようになった。G氏と仕事をするようになってから身に付いたことは、「よくお客様を観て」、「よくお客様を理解する」ことであり、これらを基礎として「お客様にとって何が大事か？」を考え、「お客様のことをより知る」ことが基本であることをG氏から学んだ気がする。

この仕掛けセールスを継続することで、お客様の関心も一層高まり、私の話をしっかりと聞いていただけるようになった。以降、毎年のコンテストにチャレンジするごとに順位を上げ、地域別では上位クラスに入るまでのセールスマンに成長しました。

1979（昭和54）年、二十七歳。

ライバル会社に勝つ手法を身に付ける

- 見積書は最後となるよう計る（後出しじゃんけん手法）
- 見合った見積書を推し量る（最低3通は作成し用意する）
- お客様の満足するメンテナンスを図る（安心を提供する）

リコー販売部でリファックスの販売担当を命じられる

ファクシミリは国際規格となり全盛期を迎えていた。私は複写機の担当からファクシミリの販売強化ということで、リファックス（リコーのファクシミリ）の販売担当を任せられることとなった。ファクシミリとは文章・図面・写真などを電気信号（白黒の点）に変えて、一般電話回線を使って相手側へ送り、同じものを再現させる機器である。

ファクシミリの国際規格とは、世界中の規格基準メーカーならどこでも交信することができる規格である。中速機なら180秒で相手先と送受信できる。さらに高速機なら60秒以内で相手先と送受信（交信）することができる。

規格の制定以前は同一メーカー、同一機種でなければ交信することができなかった。しかし、国際規格となったため、各社メーカーも販売強化に乗り出し活発化していた。この時代、リコーは複写機販売が主流であって、ファクシミリの販売には手が付かず、他社メーカーに比べ後れを取っていた。

私は急遽《きゅうきょ》、複写機の担当からリファックスの販売担当に抜擢され、任務を遂行することとなり、それをお客様に伝えるため、あいさつ回りをすることとなった。ただ、複写機の担当は外れるが、これまでのお客様から離れるわけではない。

これまでファクシミリのことなど気にもしなかったが、いざ担当になると気がかりになる。変なもので責任感というものがそうさせるのかも知れないが、気持ちががらりと変わった。ファクシミリ販売にあたり既存のお客様が導入を検討しているかどうかなど状況を把握するため、情報収集に時間を費やした。そしてお客様から得た情報を次のように分類し、販売の方法・手段を考えることとした。

「既に導入している」：どこから（依頼先）、いつ（導入年月）、どこで（メーカー）、どこと（交信先）、いくら（費用）

「導入が決まっている」：どこから（依頼先）、いつ（予定年月）、どこで（メーカー）、どこと（交信先）、いくら（費用）

※上記のお客様については、関連取引先の情報収集と紹介依頼を徹底することとした。

「導入を検討している」・「導入は考えていない」：どこから（依頼先）、いつ（予定年月）、どこで（メーカー）、どこと（交信先）、いくら（費用）

※上記のお客様については、自社製品の利便性・費用・アフターサービスなどの特長をまとめ、リファックス導入プランを作成し、プレゼンテーションを実施することを計画した。

考えてみれば、お客様の情報収集については「どこのセールスでもやっている」当たり前のことである。お客様への紹介依頼にしても、プレゼンテーションにしても、同じことの繰り返しだったり、導入検討にこだわりすぎたりすると「お客様は飽きてしまう」、また「お客様から嫌われ次がなくなってしまう」。結果的に「お客様の心はつかめない」と感じた。

お客様を引き付けるには、どのような行動をとればよいのか、過去を振り返って考えてみた。お客様の求めているものをよく聞き出し、それに見合ったものを提供するという、いわば情報収集することが大切だと思ってこれまでやってきた。

ファクシミリは複写機（リコー×ゼロックス・キヤノン）と比べて、競合メーカー（リコー×パナソニック（松下電器）・NEC・東芝・富士・日立・シャープ・キヤノン・ゼロックス他）が沢山ある。既に各メーカーが精力的に営業展開している状況だ。一つのメーカーが、一つの企業に導入された場合、その関連する企業にも同じメーカーが導入されることとなる。いくら互換性があるからと言っても、グズグズ（ゆっくり）できない状況だ。

この情報収集に至るまでのセールス活動では、並大抵（普通）の努力では信用はいただけません。思い出せば、初めてセールスになって体験（仕事）したことはエリア内（企業）の飛び込み活動だった。その時、上司から与えられた仕事は、お客様（担当者）から名刺をもらうということだった。私は容易《たやす》い仕事だと思い、上司に名刺だけもらえば良いのかと確認しました。そして、指示通り飛び込み訪問しましたが、名刺をもらえるどころか話も受け付けもしてくれないという状況でした。

名刺一枚もらうことがこんなに難しいとは思いもしなかった。見知らぬセールスが、いきなり訪問したところで約束がなければ受け付けなどしてくれるわけもなかった。では、既存のお客様はどのようにしてお付き合いができたのか、きっかけを思い出すことにした。

思い出せば、初回訪問は断りから始まった。以後は、定期的に（時を置いて）訪問をした。訪問を重ねるごとに「受付の人」も私の話を聞いてくれるようになった。この「受付の人」がきっかけとなり、担当者（窓口）まで辿り着けた。そして、担当者（販売窓口）と話までできるようになった。

販売の第一関門は「受付の人」にあった。これまで受付の人（女性）は単なる通過点（意味のない）だと思っていた。その時こんなことを、こんなに深く考えることもなかった。情報収集（販売のきっかけ）を容易にするには、受付の人（女性）を味方にすることである。販売に結び付ける流れをもう一度振り返ると、お客様の心をつかむとは、「受付の人の心をつかむ」ことである。とりあえず販売のことは程々にして、人（女性）の心をつかむため、人（女性）が喜びそうなアイデアを探し考えました。

思いついたことは単純であるが、その人（女性）の好きなもの（お菓子）・好きなこと（趣味）・誕生日などの情報を集めることから行動することにした。取っ掛かり、これらを人（女性）から聞き出すことで「何でこんなこと聞くの？」と聞かれたらどう答えたらよいか、悩んだ末、このように答えようと思いつきました。「それはヒ・ミ・ツ」とか「お楽しみに」と応対すれば、「良いことがあるかも？」と勝手に想像するだろう。

最初は口頭で聞きながら行動したが、タイミングが悪いと聞き出すことができない。聞き出したことをメモするのも効率が悪い。急遽やり方を変え、アンケート式に用紙を作成し応対することにした。思った通りアンケート式が効率よく回収できた。

早速、お菓子の差し入れ、誕生日には食事会、趣味の本など、自分のできる範囲の賄《まかな》いをしました。そうすることで人（女性）からこれまで以上の信用（受け入れ）をいただけるようになり、様々な情報の収集が容易となりました。振り返ればこのやり方が有効なのか、第一関門は突破し担当者（販売窓口）へ、より近づくことができ、プレゼンテーション（理解を得る）まで、スムーズに進めることができるようになった。

これで一気に販売と行きたいところだが、もう一歩、担当者に近づき深い話（信用）ができる良好な関係になるにはどうするかである。次の関門は「担当者の心をつかむ」にはどうすれば良いのか、何をすれば良いのかである。

あれこれと考えるうちに面白そうな考えが浮かびました。お客様（担当者）の許す限りの情報（面白い、興味ある、知りたい、欲しい、宣伝、その他）などを収集して、それを面白くおかしくニュースペーパーに書き込み、訪問時のきっかけ（話のタネ）にする方法である。このニュースペーパーを題して『時々トピックス』とした。

『時々トピックス』の情報収集（ネタ探し）を開始した。セールス活動によって訪問をするお客様を中心に『時々トピックス』の趣旨を説明する。「最近の出来事・話題」となることを用意した書式に記入いただき回収します。それをまとめて面白くおかしく記事にして、訪問時にお客様（担当者）へお届けする。私のお客様の情報誌をお読みください。

一部、記事を紹介します。

■某製薬会社の総務課長さんが、のどが痛いとのことで「試供品をもらって」服用したところ、急に腹痛に襲われトイレに駆け込んだ。原因はトローチと下剤を間違えて服用したことだと分かった。「錠剤のカタチがそっくりだったらしい」。この記事を読んだお客様たちは大笑いとなった。

■海水を真水に変えるという某○○工業の総務課長さんは、ピアノを弾くと素晴らしく上手いが、「実は譜面が読めないそうだ」。この情報は、女性社員からの内部告発によるものでした。総務課長さんと、この女子社員は、「どんな関係でしょうか」？

■いよいよ夏の季節です。紫外線対策としてサングラスはいかがでしょうか。今、大人気の「高級サングラスが大量入荷」しました。当店だけの期間限定商品を「定価の5割引きで提供いたします」。この機会をお見逃しなく。（○○○プラザ金山店）

このような記事を『時々トピックス』に掲載し、お客様（担当者）に提供することで、より一層親しみをもたれるようになり、信用から信頼へと変わっていきました。

この活動を続ける中、ファクシミリの担当になって初めて良い話がやってきました。名古屋に本社を置く○○陶器の担当者から高速ファクシミリの導入を検討したいというお話をいただきました。内容は本社・東京・大阪で高速機3機導入したいという話だった。この会社は複写機でもお世話いただいているお客様です。何としてでも獲得しなければならない大きな仕事である。

私がファクシミリの担当になり、ご挨拶に伺ったときにはファクシミリの導入など検討もしていなかった。このファクシミリ導入の発端を聞こうと、懇意にしている受付の女性に尋ねたところ彼女たちも全く知らなかったらしい。

既に、どこかのメーカー（ライバル）が受付をスルーして担当者と話をしているのか？　または、これからどこかのメーカー（ライバル）を呼んで話をするのか？　担当者に聞くことができなかった。どちらにせよ、こんなに大きな仕事は絶対に取らなくてはならないと、メーカー（リコー名古屋支店）の応援を要請した。

そしてライバル・メーカー（パナファクス）を意識して比較表と見積書を作成しました。上司と相談の上、見積書の提示価格は利益を度外視して挑みました。見積書を担当者に提出した。そのあとでライバル・メーカーはどこか？　聞こうと思いましたが、今さら聞いても仕方がないと自社製品の導入を願いました。

その担当者から数日後に返事（結果）がいただけるとのことでした。数日後の連絡をドキドキしながら待ちました。そして担当者から「御社に決まりました」と連絡を受けた。この受注をいただいたことをすぐに上司に報告しました。また、このうれしい出来事を、「G氏（実践セールスを叩き込んでくれた恩師）」に報告しました。

私がファクシミリ担当になった直後、Ｇ氏は販売店業務を終えメーカー（リコー名古屋支店）に戻った。この大きな成果にＧ氏は大変喜んでくれました。そして、Ｇ氏がリファックス初受注のお祝いをしていただけるとのことで飲食することになった。その日はキャバレーでショーを見て、あちこちの飲み屋をはしごしてどんちゃん騒ぎだった。何もかも楽しく面白い初体験の一夜を過ごしました。

翌日、受注いただいた契約書を作成し締結するため、その会社に向かった。そして、その担当者（部長）が私の顔を見るなり大変申し訳ないと頭を下げた。「昨日の件はキャンセルにしてください」と、謝りの言葉だった。この言葉に私は気が動転しました。「まさかこんなことになるとは」。その場は冷静になって担当者に訳（理由）を尋ねた。

キャンセルの理由は、「取引先の役員から」パナファクス（松下電器）を導入していただきたいと、「当社の役員に」申し出があり、急遽パナファクス（松下電器）に変更となったということだった。

この話をひっくり返したパナファクスは既に関連先に先手を打ち、ポイント（相手先企業）を押さえていた。私はこの結末に絶望してしまった。昨日、受注を貰ったその日に契約を交わしていたらキャンセルにはならなかった。自分としたことが「甘かった」、「セールス失格」である。この件を上司にどう報告したらよいのか考えもつかない。しかも、前日前夜お祝いをしてくれた「G氏」に合わせる顔がない。

これは現実ではない夢だと思い詰めた。だが、現実である。いつまでも悩んでいても仕方がないと、この結末を上司に報告した。話を聞いた上司は唖然としていた。私はこの一件で気力もなくなり、上司に「ファクシミリ担当を下ろしてください」と願いを出した。この願いに上司はこう言った。「この件は先方の事情もある」、「お前のせいではない」、「良い経験をしたと思え」と慰めの言葉だった。

このショックから半年余り経ってもファクシミリ販売に自信はなく成果は出せなかった。この先どうしたら良いのかと悩み続けた。国際規格とは言え、国内ではパナファクス（松下電器）がトップのシェアを維持していた。各メーカーとの統一規格（互換性あり）だと言っても、同一メーカーの方が機能的に良いとされていた。

相手がパナファクス（松下電器）を選択すれば、どこの機種でも交信できるが、パナファクス（松下電器）同士の方が利便性はある。この時代はいかに早くお客様を説得していかに早く受注させるかである。そして導入が決まれば、その関連先企業に芋づる式に有効なセールス活動ができる。

これまでのセールス活動では、おそらく成果にはつながらないだろう。何か良い方法を見つけないと本当に自分がダメになる。私は再び気持ちを入れ替え、新たな企業を開拓するため飛び込み訪問をかけることにした。活動中、飛び込もうと思った先は消費者金融、いわゆるサラ金である。サラ金のイメージは良くないと誰もが思う。もし良い話となっても問題を起こせば、後々厄介になりそうだ。自分もそう思う。

言い換えればイメージが悪いということは、どこの「セールスも寄り付かない」ということだ。売り込みは遠慮するだろうと考えた。不安だったが、思い切ってそのサラ金へ飛び込みました。タイミングが良かったのか、このサラ金の社長に面接することができた。私は怖々用件（ファクシミリの利便性と導入検討について）を伝えました。

その社長は「我々は金を貸して期日に利息を足して金を返してもらうことが商売だ。しかも、手続きの簡単な銀行みたいな商売だ。金を貸すにも信用がないと貸せない。現状は借り手の身分を証明するもの（運転免許証、健康保険証など）を確認して、信用センターへ電話で問い合わせしている」と答えた。結果、信用できるものに金を貸す流れである。

信用センターとの「電話問い合わせに時間がかかり」、効率の悪い作業を行っている。その点（与信確認）において、ファクシミリは利便性があるとの意見だった。

この話を聞き、今どこかのメーカーと検討されていますかと、その社長に問いかけた。その社長は「ファクシミリの話は御社が初めてだよ！」と答えた。これはチャンスと思い「是非、私どもにお任せください」と返した。そして、社長の指定（約束）する日に詳しく説明することとなった。

約束の日までにやることは、この会社（サラ金）の信用調査から始めるのが基本だ。我々もサラ金と同じように信用調査を行う。そして調査結果はすぐに出た。内容（業績）は非常に良い会社であることが分かった。この会社は5店舗あり、全て一等地に店を構えている。私は正直言って、このサラ金会社の内容に驚かされました。ちょっと仕事が面白くなってきました。

導入検討資料と見積書を用意して約束の日がやってきました。その社長に資料を広げ一通り丁寧に説明しました。社長から「理解できた。すぐに導入したい」と即答いただきました。その社長は導入に当たって一つ条件があると言ってきた。その条件とは何ですかと尋ねました。すると与信調査先の「信用センターが導入を検討中らしい」とのことだ。相手先にファクシミリがなければメリットはない。

その社長に、信用センターを紹介するからすぐに売り込みに行きなさいと指示された。つまりこの条件とは、信用センターが導入を決めれば、我が社も導入をするということだった。ちょっと不安になったが、この話を決めなければ将来はないと必死をかける。

そして紹介先の信用センターの担当者と導入検討の話となった。よく話を聞いてみると、既にパナファクス（松下電器）をはじめに他7社が競合する状況であった。私は以前、パナファクス（松下電器）にどんでん返しされている。それも今度はパナファクス（松下電器）だけでなく、ＮＥＣ・東芝・日立・富士通・シャープ・キヤノン・ゼロックスとの競合であり、打ち勝つのは並大抵の話ではない。

この仕事を考えるだけで嫌になってくる。もし、「リコーに決まらなかったとしても」、これらのメーカーとは互換性がある。最悪でも「社長のところはリコーを導入させなければならない」と弱気な考えを抱いていました。パナファクス（松下電器）のことを思い出した。以前の失敗、詰めの甘さが原因でパナファクス（松下電器）にやられたことです。いまだに悔いが残り忘れることができません。

せっかく良い話をいただきながら、こんな弱気では「やらずにしてやられる」。ことわざに「攻撃は最大の防御」とあるが、守りだけでは勝つことはできないと、自分に言い聞かせた。こうなったらやるだけやってダメならあっさり諦める。ただ、パナファクス（松下電器）には絶対勝ちたいと戦闘モードに入った。

これらの競合すべてに勝つためには各社の弱点を徹底的に調べ、勝つための比較表と見積書を作成しなければならない。機器の性能面について差はないと思うが、価格面については差がつくと思う。この他に勝つ手段はないものかと考えた。そこで思いついたことは、メンテナンスである。考えてみればリコーは複写機の販売シェアは国内ナンバーワンである。そしてサービスネットワークも、どのメーカーより充実している。

この点を信用センターの担当者にアピールポイントとして導入検討の見積もり資料に盛り込み、プレゼンテーションで強調しました。その後、検討した結果、パナファクス（松下電器）、NEC、リコーの3社に絞られたことを担当者から連絡いただだいた。そして再見積もりの提出となった。

私は複写機で培ったセールス手法で挑むこととした。「見積書は他社より最後に提出する」を基本とする。提出する際、最後であることを確認するためにギリギリの面接を想定し、その担当者へ電話を入れる。「遅くなっております」、「ご納得いただけるよう見積書を検討しております」、「他社様は見積書を提出されましたでしょうか？」と尋ねる。

担当者からの「あとは御社だけです」という言葉を待ち、最後であることを確認してから行動する。最後に面接することで、他社の情報（価格やコスト面）など聞き出せる。その情報に見合った条件の見積書（予め準備した見積書）を提出する。この手法で面接（商談）を終えた。セールスとして「やるべきことはやった」あとは結果を待つだけだ。

数日後、信用センターの担当者から「リコーに決定しました」と連絡をいただきました。私は以前の失敗を繰り返さないためにも、本日、「今から発注書（契約書）を持って伺います」と担当者に取り交わしの約束をしました。リコーになった一番の決め手は、後々のメンテナンス体制と見合った価格だった。高速機3台、中速機7台と大きな実績となった。

この信用センターを紹介していただいた社長のところも中速機5台、全店の導入となった。これをきっかけにして他の消費者金融（サラ金）を飛び回り忙しい日々が続いた。この「リファックス」の販売実績を機に、これまでのお客様（サラ金以外の企業）にも拡販につながった。年間の販売台数は中・高速機合わせて232台と、周りも驚く大きな実績となりました。

この年、リコーからトップセールスの証しとして『リファックス新聞』に「私のセールス活動」と題して記事に掲載され、表彰されることになりました。

この度を振り返ると、「(リコー÷競合他社)＝獲得率」そして「(見込み客×獲得率)＝販売台数」となる。但し、「(イメージの悪い業界の見込み客×獲得率＝販売台数)」を求めると、競合他社が減る分、獲得率は上がることになる。イメージの良い企業ほど獲得率は低くなるが、最終的には「お客様から選ばれる」よう、思い切った策を練らなければチャレンジしても仕方がない。それをするかしないかは、あなた次第です。

私の仕事はどんどんとエスカレートし、今度はオフコン(オフィスコンピュータ)の販売を受け持つこととなった。リコーのオフコン(ペンタッチで簡単に操作できる。ペンコール)は中小企業向けのコンピュータとして開発された。このペンコールを売ると言っても見当もつかない。とりあえず複写機、ファクシミリでお世話いただいているお客様へあいさつ回りすることとした。

ある生花卸売業を営んでいるお客様に挨拶に行きました。その社長に「今度はオフコンも担当することになりました。よろしくお願いします」と何気なしに挨拶しました。「これからの時代はOA化社会です」OAとはオフィス・オートメーションの略でコピー機・ファクシミリ・コンピュータなど機器を利用して、会社における事務処理(書類の作成、保存、検索、送付）などの作業を省力化または自動化することにより、効率的な処理ができる便利な時代がやってきました。「早く取り組むことでメリット倍増につながります」。こんな話をしながら挨拶してお客様のところを回りました。

オフコンの営業はこれまでの複写機やファクシミリの販売とは違い、「機器の利用目的と利便性などだけではなく」、その企業の業務工程（事務作業の流れ）を理解把握し、その業務について「簡単で、正確であり、早い」というプログラムを考え、効率よく処理できるシステムを提供する仕事である。

オフコン（ハード）とプログラム（ソフト）を一体化しないことには、売りたくても売れないのである。主な私の役割は、オフコン（ハード）の使い勝手と、それにまつわる事務処理の流れを聞き出すことで、それをＳＥ（システムエンジニア）にトスするまでが仕事である。オフコンを扱うリコー電子機器の指導を受けながら営業活動に励んでいた。

そして、生花卸売業の社長からオフコンの導入を検討したいとの問い合わせがあった。早速、ＳＥと一緒に伺い、導入にあたっての説明を十分に聞いていただき、初となるオフコンの導入（成約）が決まった。当時のオフコンの導入費用は3千万円くらいと高価なものであったと記憶している。そして数年後、パソコン（パーソナルコンピュータ）の時代に移り変わっていくこととなる。

セールス活動で営業の手法を学んだこと

これまでのセールス活動に至り、いろいろ教えていただいた先輩方（知識・技術・人間性）に感謝しております。

自分自身の心得

- ■製品を売る前に自分を売り込め
- ■知識がなくとも堂々と。知識は後からついてくる（客から学べ）
- ■選ぶ権利はお客様だけでない。我々（自分）にも選ぶ権利はある
- ■買ってくれるまではお客でない
- ■右手で客をつかみ、左手で儲けをつかむ
- ■金を貰ってから、ありがとうございますと言え
- ■人が寄り付かない企業を開拓せよ（他社が嫌う企業）
- ■行動の三原則「反復」「継続」「確認」
- ■経験の三原則「基礎」「発展」「応用」

そして、セールス活動を続けてまいりましたが、自分自身の我がままでリコーの仕事に終止符を打つことになりました。こうなったのは、たまたま親友（T君）の会社に遊びに行ったことが発端となった。ジムカーナ時代に同じレーシングチームに所属し、ライバルでもあった親友からのスカウトであった。その親友は某トラックディーラーのセールスから独立して中古車事業（会社）を立ち上げた。その後、会社経営も順調に進みめきめきと成長し、人手不足となっていた。

その日、彼（親友）からの話とは、「現在やっている中古車事業を拡大するため、一緒にやってくれないか」との誘いだった。それは将来にあたっての展望ある話だった。彼の熱意は十分に伝わったが私自身、今の職業に不服もなく嫌気もない。リコー販売部のセールスとして誇りをもって頑張っていると彼に返答した。

しかし、彼の話は止まらなかった。中古車事業を拡大し、輸入車の新車販売の権利を獲得して輸入車ディーラーの店舗展開を進めたいとのことであった。彼の未来を聞きながら思ったことは、あまりにも私と次元（物事の考え方）が違うということで、決して夢ではなく、実現させようとする意欲（姿勢）に驚きを感じました。

これまで自動車業界の新車・中古車の販売とは、狐とタヌキの化かし合い商売だとして、まともに信用できない業種だと思っていました。ところが彼の商売は同業他社と異なり「信用・信頼をモットーとする会社方針」を掲げて中古車事業を貫いてきた。その業績と執念が輸入車のディーラー権獲得に反映されたことに感心するばかりだった。

そして数カ月後、彼から二度目の誘いがありました。今度はホンダディーラー（ベルノ店）の権利獲得の話だった。以前には無かった話だ。本田技研の担当者とベルノ店の話が前から進んでおり、その事業体系（組織全体）の話を聞くことになった。既にホンダベルノの店長は決めており、後は販売に長けた人材が欲しいとのことであった。

そこで私に販売力のある人を探してほしいという頼み話だと思った。これまで彼とは遠慮することもなく、何でも気軽に話ができる間柄だった。これが今回の話になったと思われた。ところが販売に長けた人とは、私だったことに驚きました。そして彼に質問しました。どのような待遇（職位）なのかと聞いてみた。すると営業課長としてお願いしたいとのことだった。その彼から出た言葉に何故かガッカリ（思い違い）しました。

私は以前と変わらず、今の会社を辞める気持ちは毛頭ないと彼に言い返しました。だが、彼はホンダ事業を是非とも成功させ、未来を一緒につくりたいと真剣な眼差しだった。そしてお前の力を是非とも貸してほしいと頭を下げられた。

そこで困った私は、この誘いの断りを込めて彼に冗談でかわした。もし、この話を受けるとしたら、「店長だったら引き受けてもいいよ」と言ってみた。すると彼は二つ返事で「是非ともお願いします」と言葉が返ってきた。既に店長は決まっているのに、まさかこんな言葉が返ってくるとは想像もつかなかった。ここまで話が進むと、今さら冗談と言えない。私は彼に今、決断することはできないが、よく考えて返事するとした。

私は返事すると言ったものの、どうしたら良いか困り果てました。そして真っ先にリコーの「あの人」に、この件を相談しました。その答えは「今の仕事を続けてほしい」と一言だった。父にも相談した。「T君とは友達であった方が良い」との回答だった。そして女房にも相談した。答えは「今の会社に不満がないのなら辞めない方が良い」だった。この他に相談する相手もいなかった。たとえ、誰に相談したとしても、その答えは「やめた方が無難」だろう。

常識的に考えれば「会社を辞めない方が良い」というのが答えだった。立場が逆になって、相談を受けたとしたら、私も一緒の意見になるだろう。とは言っても、彼が既に決めていた店長を蹴って（撤回して）でも、私を「店長として迎え入れたい」との決断に今さら断ることもできない。今までの充実した仕事に徹するのか、それとも経験したこともない新たな業界にチャレンジするのか、私は悩みました。

そして、決断することとなった。「みんなが反対するから従います」では、当たり前になってしまう。そうかと言ってやらなければ後悔するかもしれない。これまでの人生、何かと苦難を乗り越え今までやってきた。普通の感覚では今の会社でいくら頑張ったとしても平凡だと感じた。この件を相談したにもかかわらず、皆さんに逆らって自分自身を試したいと心に火をつけた。

そして「自己暗示をかけ」、彼を助けるのではなく、新たな仕事に「どれだけ自分の力を発揮できるか」試すためにも「今がチャンスかもしれない」と考えた。ひねくれ者かもしれないが、思い切ってチャレンジすることを決意しました。

これまでリコー販売部のセールスとして延べ10年間お世話になり自分勝手でありますが卒業することとなりました。

ホンダベルノ拠点長として入社

1983（昭和58）年3月、三十歳。

本田技研初のディーラーであるホンダベルノ店の立ち上げの準備をするため、プレハブの仮事務所で仕事をする運びとなった。そして彼（社長）から3人のスタッフを紹介された。1人目は本来なら店長だった人（営業担当）、2人目は工場長候補（サービス担当）、3人目は女性（事務担当）で、私含め5名のスタッフでスタートすることとなった。

この時点ではベルノ店の認定（ディーラー権）が本田技研から下りておらず、営業活動ができない状態であった。認定が下りなければ「社名を決めることも」、「ショールームを建てることも」できない。この認定が未だに下りていないことに、ちょっと不安を感じました。認定はいつごろに下りるのかと彼に聞くと、本田技研と「やるべきことはやっているから」もうすぐ「ベルノ担当から連絡が来るはず」との曖昧な返事に、本当に大丈夫かと彼を疑う反面、後戻りはできないと彼を信じるしかなかった。

彼からこのような状況とは全く聞かされていなかった。もしかして私は判断を誤ったかもしれない。もし、「認定が下りなかったら」この先どうすれば良いのかと考えた。「リコーを辞めなきゃよかった」とも思った。今さら後悔しても仕方がないが、だからと言って彼を責めても仕方がない、「自ら選んだ道だから」と自分に言い聞かせた。

出社してもやることがない。私はイライラしながら彼に何かやる仕事はないかと聞くと、申し訳なさそうに、だったら自動車販売に関わる書類の揃え方、書き方と届け出の仕方などを覚えてほしいとのことだった。

業種が違うということで、すべて一から仕事を覚えなくてはならない。覚えることも大変で面倒くさいことばかりだ。だが、この道に入った以上やらなくてはならない。何度も思うが今さら後戻りもできないし、彼を信じて認定が下りるのを待つしかなかった。

それからひと月が過ぎても認定は下りず、どうしようもない状態である。「遅れる原因は何か」と彼に聞いてみても、いつ頃になるか分からないという返事である。こんなことでは話にならない。「本田技研の連絡を待つのではなく」こちらから本田技研に「この遅れの原因は何か」を問いただすよう彼に詰め寄った。

そして難航した原因が分かった。一つは「法人名について」、二つ目に「資本金について」であった。本田技研に申請した自社本店所在地の地名をつけた法人名が他の法人名と、つり合いが取れない。それに加え、資本金および運転資金について今後ベルノ店扱いの車種の増大にまつわる「新車取引にかなう資本金の増額」などが問題提起されているとのことが、未だ決定されない原因らしい。

現況では前に進まない。当然、法人名が決まらないことには登記もできない。ダメもとで法人名を申請通りの所在地名で決断し勝手に先行させた。資本金は現状の四千万円で登記することとした。運転資金として更に三千万円を工面して総額七千万円にすることを前提として早期認定を求めることとした。

とは言え、追加資金の三千万円をどこかで工面しなければならない。今さら出資者を集めお願いしたところで無理な話である。そこで考え付いたことは、三千万円をある所から一旦借り入れ、我々の事業口座に振り込んでもらうという方法である。残高は七千万円にする。当たり前のことだが、そこで残高証明を銀行から発行してもらい本田技研に提出する。直後に三千万円を引き出し、借りた所に返済する手立てをとった。そして数日後、この運転資金を機に法人名も申請通り受理された。

1983（昭和58）年4月28日に本田技研から認定が下り、全国94番目の「ベルノ店ディーラー」として誕生した。この年三十一歳。

準備からスタートラインに就くまで「不信」、「不安」、「イライラ」、ここに来るまでいろいろありました。いよいよ営業活動の始まりです。ショールームは6月末の完成予定としました。

本来ならばショールームは完成してグランドオープンとなりますが、ゴールデンウイークに合わせ、現地プレハブの事務所にて仮オープンさせる運びとなりました。

本田技研からベルノ取り扱い車種のカタログ、価格表、契約書、アンケート用紙など次々と事務所に届き、営業準備も活気づいてきました。のぼりを立て、人気車種プレリュード他クイント・バラードを青空展示して5月1日から5日まで営業することになった。

これに伴い当社の社長は『日刊自動車新聞』の取材に、月50台の販売を達成させると宣言していた。また、本田技研の担当（FM氏）は、仮オープン中の5日間で販売台数はゼロと厳しい見解を示した。立地は県道に面し間口は若干狭いが入りやすく、隣にレストランがあり、生活道路に接した交通量も多く分かりやすい場所である。

オープン初日、関係者はじめ来場総数は50組ぐらい。アンケートにお答えいただいた方が15名ぐらい、ホット見込み客ゼロであった。そして来場されたお客様からは「本当にホンダベルノ店ができるの⁉」という意見が大半だった。当然かもしれないが、ショールームもサービス工場もない状態だからそう思われても仕方がない。

いくらホンダのディーラーだといえ信用を証明できるものがなければ、新車の購入検討など、するわけないだろうと痛感した。そんな日々が続き、見込み客など現れなかった。このままでは本田技研のFM氏に言われた通りになってしまう。

仮オープンから時が過ぎるのは早くあっと言う間に最終日となりました。そして営業終了間際に一人のお客様が来場されました。「プレリュードのカタログを下さい」と言われたのでカタログと価格表を手渡し、私なりに丁寧に一通りの説明をしました。

この仮オープン中、お客様応対はアンケート記入と見込み度の情報収集のみで、一切売り込みをしていない。これでは売れるわけがない。ただの販売員（御用聞き）に過ぎない。

最終日、最後のお客様である。私は自分を試すため、積極的に売り込もうと心を切り替えた。お客様の気持ちはただ単にプレリュードに興味があるだけで、まだ購入の意思など全くない状態であった。そこで私はリコー時代を思い出しお客様の心を探ることにした。

まずは何故何故質問で本質をつかむ。この車に興味を持ったのは何故ですか？「スタイルがカッコよい」。今購入の意思がないのは何故でしょう？「他社もいろいろ見てみたい」。他社とおっしゃいますと？「トヨタのソアラ」とか「三菱のスタリオン」など2ドアクーペに興味を抱いていることが分かってきました。

今度は価格帯について聞いてみました。「ソアラもスタリオンも三百万円くらいする」とのこと。もし購入するとしたら？「買えるとしたら二百万くらいかなぁ！」中古車を考えたことは？「買うとしたら新車がいい」とのことである。

余談だが、ゴルフのパッティングでバーディーチャンスにつけ、これを決めたい思いで慎重になりすぎて弱いパッティングでショートしてしまった。ボールはカップを通り過ぎるぐらい打たないと入るわけがない。思い切ってオーバーするつもりで打たないとカップには入らない。

私はお客様の表情を見ながら、プレリュードＸＺ・エアコン付き・諸費用合わせて二百万円くらいで購入ができるかも？　と、お客様に投げかけた。すると「それ本当ですか」と表情が真剣な顔に変わった。そしてお客様から「計算してくれませんか」と見積もり依頼された。

表現は悪いが、ここまでくれば私の思う壺である。ここで決めるしかないと思い切った条件を提示した。仮オープン最終日、私にとって初体験の受注実績となった。この成果に本田技研のＦＭ氏は「奇跡が起きた」この一言だった（笑）。こうして「仮オープンでも新車販売できる」ことが分かった。

私は自店ショールームができるまで本田技研系列のベルノ店で、店長の実務研修を受けることになった。そしてお世話になるベルノ店の店長（Ｕ氏）から日常の営業活動の取り組みについて実務を受ける。朝の掃除、朝礼、ミーティング、活動日報の把握と管理や指導の仕方など最低限店長としてやらなければならない仕事（基礎）に日々取り組みました。

店長の仕事は営業上のことだけでなく、本田技研への発注業務もある。車種ごと決められたオーダー記号を覚えなくてはならない。発注の際、このオーダー記号を間違えたりすると車種交換はできなくなり、余分在庫となってしまう。

本田技研の担当者が言うには、全国どこの店長でもオーダー記号は丸暗記しているとのことである。と言われても膨大な数を覚えることに重いプレッシャーがのしかかる。例えばオーダー記号が３８５４＝プレリュードの５速ミッションのグレードがＸＺとなる。オーダーする前には必ず注文書とオーダー記号を営業マンに再度確認したうえ、テレックスで本田技研に発注します。

次に経営上に関わる事業計画では販売台数と社員の育成、売り上げ・粗利・経費等のP／L、入出金に関わるB／Sなど財務経理関連も勉強しなければなりません。これらの業務は一切合切を店長がやらなくてはならない。一店長の仕事がここまであるとは想像もしていませんでした。

そして6月の半ばとなり、ショールームもほぼ完成に近づきました。その頃、私は本田技研の会計の経理業務及びテレックスの使い方など日々研修に明け暮れていました。そのテレックスの研修（本田技研）を受けている最中に女房から緊急の電話が入りました。それは「お父さんが倒れた」という知らせでした。

この時、私は研修を優先して「後から連絡する」と女房に伝えた。内心心配であったが大事には至らないと安易に思っていた。そして二度目の電話が入った瞬間、「悪いことを予感した」。研修を途中で取りやめ、父が運ばれた病院へ急行した。そして父に対面したが、既に意識はなく父とは話もできなかった。容態は一刻を争う状態であり、その病院では、これ以上の措置が取れないため、急遽、医療設備の整った病院へ移送となった。父と共に救急車で受け入れ先の病院へ向かった。

父は集中治療室（ICU）に運ばれ結果を待った。その病名は「くも膜下出血」である。手術に立ち会った医師の話を聞くと、心臓は動いているが、既に脳死である。万が一、命が助かったとしても植物状態とのことだった。私は「奇跡が起きてほしい」と祈った。

そして父の入院中、私は看病のために会社と病院を毎日往来することとなった。この状態がいつまで続くか分からない。会社にも後ろめたさを感じるようになりました。また、会社のグランドオープンを控えて、何となくスタッフ達も私に対して冷たい視線を向けているように感じた。こんな日々が続くことに、私は身も心もボロボロになっていきました。

これからの自分と家族を考え、病院にいくら通って看病しても意識が戻らない父の顔を見て、つぶやいた。「これから生きていく家族のためにも」、これ以上「苦しめるわけにはいかない」。お父さん、「早く死んでくれ」との思いが脳裏をよぎった。そして数日後、父は他界した。

会社を恨むわけではないが、会社というところは「当てにされるうちは華」で、当てにされなくなると、「あわれな結果となる」ことが自分自身よく分かった。

6月のグランドオープンを皮切りに販売状況は他社ベルノ店と比べ圧倒的な販売台数だった。我がベルノ店の販売台数は立ち上げ7カ月間で登録台数434台／拠点の実績で締めくくった。ただ、この登録台数には問題があった。

その問題とは、登録したほとんどの車種が人気のプレリュードだったということである。人気車種のためメーカーの生産が追い付かず、一般のお客様へすぐには納車が間に合わない状況だった。そんな中、当店（当社）が納入した販売先は中古車業者（業販）であった。その中古車センターの店頭にナンバー付き（新古車）のプレリュードがずらりと並んでいた。

この新古車であるがプレリュードが中古車センターに並んでいることが、その地域のベルノ店で成約したお客様からクレームとなり新車販売を阻害することになった。そのベルノ店から本田技研へのクレームとなり大問題を引き起こした。

確かに品薄の商品が一般客どころか中古車センターに展示されること自体が不自然である。当店（当社）はどうしてこのようなことをしたのか、目的は登録台数によるインセンティブ（バックマージン）だった。台数当たりの利益は数万円程度と利益は少ないが、バックマージンを加算すると、それなりの利益（どんぶり勘定）を予測していた。この件に対し私はそのバックマージンが本当に受け取れるかどうかを社長に問いただすと、社長（彼）は間違いなくバックマージンは入ると断言していた。

実質原価を割って販売しているわけではないが、ディーラーとしては成り立たない。たとえバックマージンが入ったとしても、新車の台当たり利益とは別計上するので計画利益に対して話にならない低い数字となる。また、新規法人として既存客もなくサービス利益もない。当てにしていたバックマージンが入らなければ経営は当然の赤字である。

そして私が心配していたことが現実となり、バックマージンが入らないことが分かった。社長が本田技研（バックマージン）の話を聞き間違え、それを思い込んでしまったことが発端だった。当社ベルノ店は期の途中に設立したため、このバックマージンの権利として今期は反映されないということだった。これを知らない私たちスタッフは、新古車づくり（50台以上／月間目標）に尽力したことが、すべて無駄となった。

さらに当社に悪いことが覆いかぶさる。年末のこと、本田技研支店から呼び出しを食らう。この呼び出しはどんなことか概ね予測していました。支店へ社長と私で伺うこととなった。その場には担当のFM氏はおらず、支店長と四輪販売二課課長の両名でした。私が対面することは初めてでした。

四販二課長から「呼び出されたことは分かりますか！」と問いかけられた。私は思わず承知しておりますと答えました。思った通り新古車販売のことでした。この一件はディーラーとしてのルール・マナー・モラルに欠けるとしてこっぴどく叱られ、挙げ句の果てに「ディーラー権を返上しなさい」とまで言われました。言われたことに返す言葉はありませんでした。そして私は両名に深々と頭を下げ謝りました。以後、「このようなことは二度といたしません」と両名に陳謝しました。ちょっと間をおいて、支店長は無言で私に手を差し伸べ握手を求めてきました。この握手が今回の一件に対する「許しのサイン」だと、私は感じました。そして本田技研に対して前代未聞の始末書を提出することとなった。

事が終わって会社へ戻る際、私は社長に向かって「今後店の経営は俺に任せろ！　もし、俺のやり方に不安を抱いたときは俺を首にしろ！」と強い口調で言った。社長からは「お前に任せる」と言葉が返った。新車ディーラーは中古車屋ではない。「中古車のやり方は捨てる」。これからは地域に密着した信用信頼されるディーラーを目指し、将来のことをよく考え、会社を建て直すことにした。

当時の本田技研は二月末決算であり、本田技研も他社ベルノ法人もプレリュード効果により、決算は増益増収であったらしい。そんな中、業販を極力減らし直販（一般のお客様）に徹しましたが、当社の決算は大幅な赤字を出す結果となった。しかも運転資金も無くなり経営難となってしまった。金が無いほど商売（経営）は難しいと実感した。

金が無いため、ショールームの展示車と試乗車もやむを得ず売り払った。そして営業マンから「展示車がないと説明できません」、「試乗車がないと営業できません」など不満が上がった。私は営業たちに「金がないから」売り払ったとは、とても言えなかった。

私は苦し紛れに「プロセールスならカタログで商売できるはずだ！」と言ってしまった。こんなことしか言えない自分に悔しさを感じた。元々は設立当初から金に余裕がない会社だから仕方がないかと思う毎日だった。

そして一般客の受注（契約）に際し、「できる限り車両代を多く貰うこと」、または「クレジット販売に切り替えて受注するよう」営業マンに徹底させた。金の早期回収についてお客様を納得させる話法テクニックの指導も行いました。この効果が表れ回収も徐々に良くなり、経営も何とか持ちこたえることができた。

やっと地域に密着した新車ディーラーとしての役割と責任が果たせるようになってきました。

プレリュードに加えCR－Xの登場で人気も更に向上し、来店客も途切れることもなく販売台数もそれなりに申し分ない状態が続きました。

本田技研からの信用、お客様からの信用、スタッフからの信用、取引先からの信用が徐々に戻ってきた。「信用は利益をもたらす」ということがよく分かった。私は新車ディーラーであることに自信と誇りを持ち始めた。

そしてある日、当社のＰＭＡ（責任販売地域）に他社ベルノ店の出店計画があるとの話を営業所管轄のホンダ販売店から耳にした。もし、この出店計画が本当だとすると当社のＰＭＡが狭くなると同時に経営も苦しくなる。

その出店地域には既納客（当店の客）も多く、販売活動に影響を及ぼすことになる。一難去ってまた一難である。せっかく順調に進みだした矢先、こんな難題を抱えることとなった。当社は他社の出店を許すことはできない。だからこそ、何が何でも当社が出店しなければならない。

もし、出店するとしたら多額な資金が必要となる。社長（彼）に資金の融通先はあるのかと尋ねてみたが、「……」だった。もし、阻止できなかったら当社は本当に終わりかもしれないと弱気になった。何か名案はないかとひたすら悩んだ。その時、ふと、こんな言葉を思い出した。悩んだり、落ち込んだりした時は「ピンチはチャンス」だと思え。それなりに結果は出る。これ以上悩んでも仕方がない。「一か八か」やるしかないと決断した。

やるには資金が最大のポイントとなる。ダメもとで銀行に融資をお願いすることとした。だが、自社の経営状況は決して良くもない。決裁は厳しいとの回答だった。これで諦めるわけにはいかない。銀行に何度も足を運び、融資のお願いを続けました。そして粘り強さが通じたのか、ようやく借り入れの決裁が下りました。「諦めずに努力すれば報われる」ことを身をもって実感した。

そしてとんとん拍子に事は進んだ。新拠点の申請も本田技研から問題なく承認が下り、新拠点の準備を進めることとなった。まずは人（スタッフ）募集である。今度の店長は私と直前に交代となった営業課長に決まっていたが、本人の事情により辞退され近々退職することとなった。

そのため、新たに店長を探さなければならない。探していたところ社長が以前の会社の元同僚を口説きスカウトすることとなった。だが、本人はすぐに退職することができず猶予することとなった。当然、新拠点のオープンには間に合わないということだった。このような事情で私が二拠点を兼任することとなった。そしてオープンまでの準備を進める中、スタッフも揃い、ショールームも完成した。

1985（昭和60）年2月、二番目のベルノ拠点が誕生することとなる。

この年、本田技研はホンダベルノ店の他、「ホンダプリモ店」と「ホンダクリオ店」を新たなホンダディーラーとして誕生させ、三系列体制となった。

私は新拠点がオープンしてから拠点間（掛け持ち）を行ったり来たりと忙しい日々を過ごしていた。時が過ぎ、ようやく新任の店長を迎えることとなりました。そして業務を引き継ぎ新任店長にバトンタッチした。こうして二拠点体制となり旗艦車種にも恵まれて販売も順調に進んでいった。そして3期目の決算で赤字から黒字に転換した。

経営するにあたり、二拠点にもなると売り上げに伴い仕入れも経費も倍増する。売れ行きによっては本田技研への支払いが多額になる。

実際のところ、売れなくても売れすぎても困る。時には金が足らず、試乗車を手放して金をつくり、時には社長と私の給料を凍結して従業員に給料を支払ったこともあった。「やっぱり経営は資金力だぁ！」と、つくづく思う。「金は天下の回りもの」というが、「金はそう簡単に回ってこない」のが現状です。これまで苦境に立たされ、何とか乗り越えてきたが、金には未だ余裕がありません。

いつ終わるかしれない自社（経営）がここまで存続できたのは何だったか考えてみたが、現実にはそんなこと考える余裕などなかった。ただ運が良かっただけかもしれない。そして自社の既納客（お客様）も増えつつ明るい兆しが見えてきた。

販売も上昇気流に乗って経営も少しはやりやすくなった。この調子で行けば一気に事業拡大したいと思うようになってきました。振り返ればあの時、他社の出店計画がなかったとしたら二拠点目は実行しなかっただろう。

今度はピンチではなく「今がチャンス」。今こそ三拠点目を出店したいと計画することとなる。早速、事業計画を作成し、本田技研と新拠点（新店舗）出店の交渉に入る。元々うちの社長は都市部に出店する願望が強くあったが、これまで本田技研は都市部については了承してくれなかった。

もし了承されたとしても都市部の商売は資金と経費から見ても難しいと私は思っていた。当社の現状では採算的に三拠点目の出店は都市部を諦め、郊外（郡部）しかないと社長を説得したが、社長は都市部に出店をしたいと本田技研に要望しました。

理由はともかくとして本田技研の返答は了承ではなかった。本田技研は都市部以外なら出店の承諾をするとのことである。私は社長にたとえ郊外であっても結果さえ出せば、いずれは都市部の出店も認めてくれるだろうと説得し、本田技研の郊外での出店承諾を貰うこととなった。

そして三拠点目の出店にあたり立地から進めることとした。いくつかの候補地（場所）が上がり、その場所が出店の条件に見合うかどうかを確認することが重要である。「立地は経営を左右する」。そして候補地を見回る中、最も好条件で適切な立地物件に巡り合った。土地は小ぶりだが、レストランの跡地で建物付きで条件も適切である。

この場所（土地建物付き）は売り物件だったが、好条件により即決めることにした。そして土地を担保に事業資金を多めに借り入れる方策をとった。より資金に余裕を持たせるため、そのレストランの建物を有効利用して改装費用を大幅に抑えて着工することとなった。今までの経験から三拠点目ともなると、オープンまでの人（スタッフ）募集など、一連の準備は慣れたものだ。ただ、求人の応募者は女性が多く、しかも事務希望である。営業職は集まらない。オープンまで余裕はあるものの焦った。

営業職が来なければ商売にならない。このままだとオープンまでに営業は揃わないかもしれない。どうしたものか考えた。そこで思いついたことは、「営業は男性と思い込んでいたが、応募者は男性どころか女性ばかりだ。とりあえず女性を採用して営業のアシスタントとして働いてもらうことはどうか」ということだった。

営業職を任せるのではなく。お客様の接客応対から商品説明とアンケートなどの情報収集を基本とした業務に専念してもらう。また、教育次第では購入の動機づけまでだったら、できるかもしれないと考えた。クロージング（成約の詰め）は営業職にバトンタッチすれば何とかなるだろうとも考えた。

そして面接を行い「営業アシスタント」にふさわしい女性3名を採用した。これに伴い、以前から開発を進めていた販売の新兵器、パソコンとレーザーディスクをリンクさせ誰でも簡単に「商談の演出ができるシステム」を配備することにした。

この商談システムの発端は、私のお客様（既納客）で、コンピュータのプログラムに詳しく好感の持てる「言わばその道のプロ」がいたことだった。その人（ＭＯ氏）に、無人商談機の話をしたことが付き合いのきっかけとなった。私の営業経験から車販売にまつわる商談は今も昔も変わりなく時間がかかりすぎる。できることなら、これからの商談でなるべく早く正確に誰もが簡単に操作できるシステムをつくりたいとMO氏に話した。MO氏はこの話に共感を覚え、「是非やりましょう」となった。三拠点目のオープンから二年前の事だった。

この年、商談システムも完成に近づいていた。オープンまでに間に合うように連日連夜の作業を続けた。そしてオープンまでにギリギリ間に合った。設置については、以前、アメリカへホンダの研修に行ったとき、ロサンゼルス、ダラス、サンフランシスコなどで飛行機を乗り換えるために立ち寄った空港ロビーの航空受付カウンターなどを見て、いろいろと感じたことがありました。

それは各ブース・カウンターに対面式のコンピュータ画面を設置して、その画面を見ながら接客応対している光景で、私はそれを見て、これからの自動車販売はこれだと思いました。これに因んで今度の店舗は航空カウンター式にレイアウトして商談ブースを四カ所設けたいと考えました。

そして現場のレストランの内装をそれなりに工夫して改装を行いました。おそらく自動車ディーラーとしてこの設備は例を見ないだろう。ゆったりとお客様を応接できる「商談ブース(間仕切りカウンター)」を設けた。そしてブースに商談システム機を設置し、営業アシスタント(女性)を集め商談システムの操作手順と要領の説明を彼女たちとロールプレイング(商談演技)を実施しながら行いました。

誰でも簡単にできるようにテンキー操作を採用し、レーザーディスクによる映像で商品案内もでき、希望の車種を瞬時に見積もり表示することもできる。この画期的なシステムに彼女たちから「操作も簡単」・「車種を選べば瞬時に価格表示できる」・「お客様と映像を見ることで商品知識が身に付く」・「安心して接客できる」との意見をもらった。そして彼女たちの「商談システムがあれば大丈夫」との姿勢が心強かった。

1987（昭和62）年3月、三番目のベルノ拠点が誕生することとなる。

準備万端でオープン当日を迎える。午前中の来店が心配されたが、ベルノ車種の人気もあって、昼近くになると大勢の来店客で店は賑わいました。アシスタントたちもお客様の接客に追われながらも頑張ってくれました。

お客様からは、「画期的なシステムと女性アシスタントの接客応対がとてもよく、こんな自動車ディーラーは初めてだ」、「ホンダさんは発想も斬新で素晴らしい」との声を多数いただきました。このオープン日の成約も期待以上の台数をいただき、上々のスタートを切ることができました。以降も来店客の接客応対はアシスタントが担当し、営業マンはアシスタントのフォローと見込み客訪問を担当し、少数の営業マンでも十分に対応（販売活動）することが可能となった。

法人として早くも三拠点のディーラーとなった。前にも言ったかもしれないが販売台数が増えると、その分の入庫が増える。このため資金繰りも大変になる。何故かと言うと、本田技研より仕入れた車両は締め後の翌日支払いとなり、お客様の成約から納車までの回収（現金）が遅ければ仕入れた分の支払いが困難となるためである。だから締め日が迫ったオーダーは避け、慎重に仕入れバランスを取らなければならない。当社には困難極まることがいっぱいあります。成約したら納車までではなく一週間以内に全額回収することを徹底化した。

現金対応に加え、これまでのクレジット販売の強化と新たにカーリースも取り入れ、販売することとなった。クレジット販売のメリットはお客様と契約を締結し、与信が通れば数日後に契約代金が入金される仕組みである。カーリース販売はリース会社によって異なるが、締め切りはあるものの交渉次第で入金形態はクレジットと同様である。

当時、ほとんどのカーディーラーではカーリース販売を導入しておらず、リース会社が直接営業を行っていた。カーリース会社はお客様との成約によって、その地区（最寄り）のカーディーラーと売買交渉をして成立させるやり方である。当時のカーリースは世間一般に通用するものではなく事業目的に利用された。また、リース販売に関するそれなりの知識を要し（個人事業者・会社法人とも）、手続きも容易ではなかった（結構面倒ください）。

リース販売については前職の経験を活かし、当社の各店長はじめ主たる営業マンを本店に集め、勉強会を実施した。とかく営業マンは（新人を除く）簡単なことや楽なことはやるが、面倒くさいことは嫌がる。

リース販売のやり方を簡単かつ丁寧に教え指導するが、営業マンは、「お客様とのやり取り（説明）に時間がかかる」などと言い、お客様からはリースは「自分の物にならない」とか、契約期間が長く「中途解約は違約金が発生する」などと言われ、見込み客すら抽出することもできない現状だった。

土地柄のせいか、一般のお客様はクレジットとかリースに関して借金することを嫌う。また文化が古いのか、現金で購入するお客様が多数を占める。自社の資金繰りはともかくとしてカーリース販売を取り入れたもう一つの理由は、自動車ディーラーの古い環境から新しい時代への先取り商品（リース）として取り入れることが狙いだった。

こんな状況の中、営業マンには引き続きクレジット販売の徹底とカーリース販売について、じっくり時間をかけて行動できるよう指導したが成果は表れない。そこで何故、クレジットとリースは売れないのか要因を解明することとした。解明しないことには目的を達成できない。

そこでわかったことは、売れないというか、売らないというか、とかく営業マンは「自分に負担のかかる仕事は嫌がる」。特に面倒くさいことは「ただ単にお客様に用件を伝えるだけ」、「用件に対しお客様の調子に合わすだけ」、「売り込みをしない御用聞きスタイル」である。この手の営業マンは売り込めば相手（お客様）に嫌われると思っている。

そしてお客様は「自分の考えで車を購入したい」。「借金（クレジット）と借り物（リース）を嫌う」土地柄のせいもあるが、いずれにしても車の営業マンは信用されていない。これらの要因がある。

クレジット販売とリース販売の問題を解決するには、営業マンが「興味を持ち実績となること」、お客様が「興味を持ち願いが叶うこと」にある。営業マンとお客様の共通点は「興味」ということになる。クレジットもリースも違いは営業マンもお客様も理解している。ここでクレジットとリースの短所（デメリット）について考えてみた。クレジットは「所有するには借金の完済」である。リースは「所有できない借り物」である。共通点は「借りる」ということになる。この「借りる」ことと「興味を持つ」ことを課題として、いつかは解決したい。

当時のディーラー取り扱いのクレジット金利は、実質年率11・5～12％が標準だったと記憶しています。クレジットで販売するとクレジット会社からキックバック（手数料）が入る仕組みである。そこで、キックバックを少なく、またはゼロにすれば「金利を低くすることは可能」である。

例えば、借金：クレジットの返済期間について5年（60回）であれば月々の返済額は少なく、3年（36回）であれば月々の返済額は多くなる。リースにはキックバックはないが、3年（36回）契約に対して「リース会社の残存価格の設定」によっては、クレジット5年（60回）払いと「同等の金額に抑える」ことができる。リースはあくまでも「自分の物にはならない借り物」ということである。

ということは、「金利を低く」リースのように「短い期間で支払いを少なく」そして「自分の物にする」には、「クレジットとリースを融合させた商品」ができればと考えた。早速、主要のクレジット会社の担当者に本件（「残価設定式クレジット」）の検討を依頼しました。ジャックスの回答は、例がないので難しいとのことでした。

そしてもう一方のクレジット会社の支店長（H氏と記憶）に本件の実情を説明し、取り扱いに向けて依頼をしました。この話に支店長は画期的な発想だと興味を持った。早速、本社へ稟議を上げてもらった。

だが、本社（役員）の理解を得られず承認とはならなかった。それでも私は本件を諦めることができなかった。それから数日後、その支店長は東京本社（池袋）に栄転することが決まった。私は栄転すると聞いてチャンスだと思った。本件をもう一度交渉できないかと、本社に異動したH氏（部長職と記憶）に面接を申し込んだ。

そして本件の現実化のチャンスと捉え、H氏に相談することとなった。私は本件の承認を得るためには手段を選ばない。そこでH氏に「大ボラを吹くことにした」。本件への主張は、「弊社のクレジット販売は低迷しております」、これを解決するために、私が考案した本件（残価設定式クレジット）を承認いただけるものならば、「最低でも現状のクレジット販売を2倍以上にする」ことを約束いたしますと宣言した。

この積極的な姿勢にH氏は「御社の考え方はよくわかりました」。もう一度、「本件を会議に上げ決裁を仰ぐこととさせていただきます」との約束をしました。

そして、オリエントファイナンスのH氏から決裁の知らせをいただきました。本件、「残価設定式クレジット」は決議により採用が決まりました。このうれしい知らせもつかの間、一瞬にして不安に転じました。というのは、あの時、H氏に大ボラを吹いたことが心残りだった。今回の件で、本件が「決まらなければ決まるまで」何度も挑戦するが、本件が「決まれば決まったで」煩わしい。私は本当に自分勝手な人間かもしれません。

こうしてオリエントファイナンスのH氏と約束したこと、「最低でも現状のクレジット販売を2倍にする」と自信満々で言ったこと。私の要望を二度にわたり聞き入れ、ご苦労していただいたH氏のことが気になった。もし、有言実行できなかったらと思うと心苦しくなった。ここまで来てこんなに不安を感じるとは思わなかった。しかし、悩んだところで仕方がない。本件が決まった以上、約束を果たすしかないと自分に言い聞かせ、有言実行できるように取り組むことにした。

残価設定クレジットとは3年（36回）を契約期間（車検まで）とし、「車両購入価格」から「残存価格（据え置き金額）」を差し引いて元金を出すというものである。元金に（ボーナス金額も設定できる）金利（年率係数）を掛ける。次に「残存価格（据え置き金額）」に金利（月利係数）を掛ける。そして元金に加算し、月々の支払金額を求めてお客様に提示する。

また、通常のクレジット計算と似ているが、残価を設定できることにより、グレードの高い車種でも月々の支払いを低く抑えることができる。これらのメリットを分かりやすくお客様に説明できるマニュアルと、即座に試算できる専用商談メモを作成し、全営業マンに残価設定式クレジットのやり方（興味を抱かせる方法）を説明した。

業界初の残価設定式クレジット商品名：DCプラン（ドライバーズ・クレジット・プラン）として誕生させた。1987（昭和62）年9月、販売開始となった。

このDCプランは新車購入（登録）から初回車検までの3年間を区切りとして利用していただき、「次期新車の乗り換え可能」・「残存価格でお客様の買い取り可能」また、「残存価格を通常クレジットに切り替え可能」など、お客様に合わせて多様に選択していただけるプランである。

私は営業マンの他、全社員に「全既納客、全来店客、友人知人その他関連先すべて」へこのDCプランの商品説明を行うよう徹底化した。最初は営業マンの戸惑い（リースに対するわだかまり）もあったが、リース販売より、お客様を引き付けやすいとのことであった。こうして営業マンもお客様も「DCプランに興味」を示した。

ある日、当店のサービスマンが友達にDCプランの話をしたところ、興味を示し「詳しく話を聞きたい」とのことで、そのサービスマンとその方（友達）にDCプランのメリットを説明させていただきました。その方にはDCプランの利便性を理解していただいたように思えた。そして「試算してみましょうか」と投げかけた。

その方から希望車種、オプション、ご予算などを聞き入れ、ほんの5分程度で見積もり試算し、その内容を一つずつ丁寧に説明しました。その方は自分の希望に条件が一致したのか、迷わず「ＤＣプラン」で即決していただきました。

これが「ＤＣプラン」第1号の契約となりました。そもそもこの方（友達）は元々現金で購入を考えていたが、自分が希望するグレードと予算が合わず決めかねていた。このＤＣプランは「無理なく希望のグレードが購入できる」ことが決め手となった。

この実績を皮切りに全社員が一丸となってＤＣプランの営業に全力を尽くしました。この行動（活動）によってＤＣプランの成果が表れ、ＤＣプランの販売台数は現金販売台数を上回る実績となった。オリエントのＨ氏に約束（有言実行）したことが本当となった。

ＤＣプランは「資金繰り」・「販売台数」・「台当たり利益」と一石二鳥どころか三鳥も四鳥もの効果を上げられる当社オリジナルの商品となった。このＤＣプランが自社の経営難を救い、経営の安定につながった。また、ある熟年営業マンはＤＣプラン効果によって月間販売台数が25台（大記録）という驚く成績となった。

これらによって経営は順調に進み、本田技研との信頼関係も築けるようになった。そして四番目の拠点を計画する運びとなった。今度こそは候補地を都市部（市街地）として本田技研の支店長とベルノ課長（Ｙ氏）に計画書を提出した。しかし、この計画に対して支店長とベルノ課長から承諾を得ることができなかった。その主な理由は、既に他法人（ベルノ店）の計画があるためとのことであった。

これに対して私は支店長とベルノ課長に何故、この度市街地を候補に挙げたのか理由を説明しました。これまでの私どもの営業拠点はすべて郊外に位置し、人（スタッフ）の募集に関して応募者が少なく採用が困難である。よって、今度の店舗は人が集まるリクルート拠点として市街地を計画したことを話した。

この私の話にベルノ課長は共感し、その地区の川の反対側（市街地）だったら何とか希望に沿えるかもしれないと逆に相談された。その地区の法人（相手）があるので、今すぐに承認することはできないが、この地区で良ければ相手と交渉するとのことでした。ありがたい言葉にベルノ課長を通じてお願いすることとなった。

そして、ベルノ課長のおかげで待望の市街地に出店することが決まった。郊外であろうが市街地であろうが立地は経営を左右する。条件に見合った場所を探すことは容易ではないが、良い立地を求めて周辺地区を探し回りました。郊外と違って市街地は借りるにしても買うにしても、土地の価格が非常に高い。

そして探し当てた場所は、売り土地で敷地面積は約二百坪、価格はなんと五億円である。莫大すぎて検討する余地もなかった。その後もひたすら探し回ったが、立地的には五億円する土地以外はなかった。迷ってもしょうがないと私は社長に「この土地を買って活かそう」、「ここは何と言っても市街地」、「人の募集にはもってこいの場所」、「たくさん応募者が集まるはず」、「買って損はない」と自分の意見を強く主張した。

そして社長は私の意見に同意した。巨額な土地に投資することとなり、拠点の準備が始まった。人については思惑通りたくさんの応募者が集まり次々と採用し、全拠点の補充要員も確保することができた。もうこれで人探しの心配はなくなった。

1988（昭和63）年7月、四番目のベルノ店が誕生した。

完成したショールームはジャングルジムを象《かたど》った創造的な建築であり、外観はピンクと黒で色彩をまとめ、内装は黒一色と幻想的に仕上げた。半地下と二階に商談席を設け一階に展示車が入る。とてもディーラーとは思えない不思議な造りである。

オープン当初は来場客も順調であったが、販売台数は計画割れと状態は良くはなかった。また、旗艦車種であるプレリュードの売れ行きも良い状態とは言えなかった。法人全体としては採算が取れていたが、この新拠点は新車販売の他、利益を確保する手立てはなかった。新拠点の赤字は続いた。

この年の11月頃から予期せぬ出来事が起き始めた。この新拠点の店長が突然ノイローゼ（神経症）になった。出社して間もなく酒を飲むようになり、社員に対して暴言を吐くなど、ひどい状態となった。スタッフは店長を恐れ退職者も出る始末である。この現状を知った私はこの店長と話し合い、休職させることにした。この店長は元トヨタカローラ店の営業課長を担い、名誉ある殿堂入りを果たした方でもあったが「残念なことである」。

悪いことは続くものです。三番目に立ち上がった拠点店長の横領事件が発覚した。そして翌年、**1989（昭和64）年1月7日、天皇陛下崩御。**元号が昭和から平成となった。当日のテレビ放送では芸能、スポーツ、クイズなど全ての番組が取りやめとなり、崩御の特番一色となった。小売業、サービス業他ほとんどの商売が自粛ムードとなり、娯楽施設関連も休業するところが大半であった。

この崩御で買い控えの影響もあり、最悪のスタートとなった。去年オープンした四番目の拠点は店長も交代してムードもよくなったにもかかわらず、来店客は一向に増えず閑古鳥が鳴くようになった。そして当年四月に消費税３％が導入され、車、宝石、時計など高価な物は「売れない買わない」不景気時代に入った。

そこで少ない来店の中、即決いただける対策を練ることにした。店長、営業マンの他サービス工場長も参加させ、即決販売についてあれこれの意見を出し合いました。その時間をかける中で画期的なアイデアが浮かびました。例えば飲み屋に行って自分がその店を気に入ったとしたら、またその飲み屋に行こうとするだろう。行きつけの店となれば「ボトルをキープしたくなる」。これを参考にして、ご成約（一週間以内）に際し「車検までのオイル交換を通常の半額でキープ」及び「納車時のガソリンを満タン」にするという販売策を立てることとした。そして、この策を取り入れ実施したところ、意外（想像以上）にも好評をいただき成約の条件となった。

これらの効果が実績となり、さらに効果的な販売策が浮かんだ。これまでの成約条件に「車検までの有料点検整備プランを格安でキープ」できることもプラスした。キープとは、かかる費用を先取りすることである。また、お客様を逃がさないための策としてキープ（確保）は有効手段である。

これも大当たりとなった。このキープを当社は「ドクターパック」と商品名を名付けた。このドクターパックをオリジナル・メンテナンス・オプションとして全拠点で展開した。このオプションによって多大な成果を上げた。

そして資金繰り、販売台数の低下、台当たり利益の伸び悩みなど数ある困難を乗り越え、五番目（ほぼ市街地）、六番目（郊外）と店舗展開（県内の南西部）を進めていった。

これまで私は、販売の効率化と経営の安定化を念頭に置き、ひたすら自動車販売という事業に打ち込んできました。ここにきて疲れがたまったのか、この仕事を続けることに限界を感じ始めた。

そして思い悩んだ結果、ホンダベルノを引退し退職することにした。この突然のことに社長や社員、取引先、本田技研（担当者）が驚いた。私は子供のころから自分で商売をやることが夢（願望）だった。これまでの道のりではチャンスに至らなかった。しかし、ここにきて夢が現実化するきっかけとなった。不安は当然のことだが会社を設立し、自分の力がどこまで通用するのかチャレンジしたかった。

このホンダベルノで学んだこと

■一言でいえば経営の基礎と運営の仕方について学んだ。

経営難を救ったアイデア

■自動車リース（他社ディーラーとの差別化）
■DCプラン（自動車業界初の残価設定クレジット）
■ドクターパック（車検までの点検整備メンテナンス）
■商談システム（販売テクニックサポート）
■評価システム（社員教育プログラム）一部実施

持論（自説）

仕事は誰のためやるのか「会社のためにやる」のではなく「自分のためにやる」ことである。

商品が売れないとき「どうして売れないんだろう！」よりは「どうしたら売れるんだろう！」を意識する。

社風を変えるとき「社歴の古い人」から「社歴の新しい人」を「思い切って」先に立たせる。

無駄の三原則「時間」・「労力」・「経費」の使い方を考える。

自動車ディーラー向け商談システムの販売会社シーイーエスを起業する

1990（平成2）年11月、三十八歳。

念願も叶い、自分の会社を立ち上げることができた。私がホンダベルノ在籍当時に商談システムの引き合いがあり、近隣のホンダベルノ、クリオ、プリモ店へは、既に数百台を導入していただいていた。この実績と信頼性により全国のホンダ店へ営業展開する運びとなった。ありがたいことに、私がシステム会社を立ち上げたことを知ったホンダクリオ直営店の店長様からホンダプリモ店の紹介をいただき、起業して初となる商談システムのデモンストレーション（実演）をすることとなった。

そしてデモには、そこの社長をはじめ全拠点の店長、営業マンが集まり商談システムの取り扱いについて説明させていただきました。当時の自動車ディーラーの商談は、新車の見積もりをする場合、車両価格、用品、諸費用、消費税など計算機をたたき商談メモ（見積書）に手書きするという手間のかかる作業が一般的（常識）だった。

この商談システムの流れを見て、プリモ店の皆さんはその常識を覆す画期的なシステムに圧倒されたようだ。そして店長、営業マンたちが声を揃えて反応した。「即導入してください」と社長に迫った。ショールームで商談をする際、営業にとってもお客様にとっても便利なシステムで、コンピュータ画面を使って、ご希望の車種を選択し、付属品など一つひとつ丁寧に説明することができる。また、ご予算に見合ったシミュレーションも素早く対応でき、正確な見積もりを提示することで成約への説得が容易（決め手）となる。

この商談システムを使うことで、お客様にとっても商談の内容が明確で把握しやすい。また、内容を変更しても瞬時に表示するため、お客様を待たせることなく希望条件に見合う車種を選択できる。お客様が安心でき信用される、システムメリットを十分に活かせるとの意見が営業から上がり、このプリモ店は全店への導入が決まった。

このような反応を体験（状況の把握）することで、「価値あるシステムと位置づけされる」。私は、このシステムがホンダ車の拡販に十分に役立つと確信した。そして導入された周辺のホンダ店を駆けずり回り、行くところ行くところデモンストレーションすることで導入が決まり、我がスタッフと手を取り合って喜んだ。

このシステムの特長は商談に際しお客様と対面方式をとり、画面を見ながら商談工程に従ってお客様に質問し、ご希望の車種グレード、付属用品の装着など瞬時に選択できることで、最終的にお客様のご要望に際し、消費税の端数カット（値引き）もでき、切りの良い価格にすることもできる。また、ご予算機能により希望に見合う車種を表示することができる。これに加え、クレジット支払いも瞬時にシミュレーション（比較・選択）でき、商談メモ（見積書）にプリントアウトできる画期的なシステムである。

こうしてホンダ系ディーラーをターゲットに、西は関西、四国、九州地区まで。東は南関東、北関東と販売エリアを拡大していった。これらの実績（成果）により、当社の認知度は広がっていった。

当社の開発した商談システムの拡販が勢いづく中、本田技研のシステム開発（技研開発）が当社の拡販を睨み、阻止することに乗りだしました。当社の商談システムを導入しているホンダクリオ直営店へ技研開発が視察、調査、研究するまでとなった。おそらく技研開発に対してホンダクリオ直営店の社長から「メーカーとしての商談システムができないものか」と要望があったのだろう。

そして技研開発は、当社の商談システムに類似したホンダディーラー用のシステムを作り上げ、直営店へテスト供給をはじめた。これを知った同系列の店長さんから私どもに連絡があり、その内容を聞くことができた。

私は技研開発の動きに何となく察しはついていた。その直営店ショールームには当社の商談システムも使われており、一方、本田技研のテスト用システムも使われ使い勝手を比較されていた。私も現場に行き店長の許しを受け、そのシステムを拝見させていただきました。中身を確認すると、そのシステムは商談の操作手順、配列（お客様と営業マンのやり取り）まで、当社の商談システムのほとんどがコピーされていることに驚きました。

その店長さんに、そのシステムの使い勝手を聞いてみました。すると店長さんは、「技研開発が御社のシステムを何度も見に来て研究したものがこの仕様になったが、私自身は御社の商談システムの方が使いやすい」とおっしゃっていました。

現場のことも知らず考えず急いで作ったのか、商談の経験もない技研開発のシステムエンジニアが研究したところで、我々の実体験に基づいて開発を重ねてきた商談システムを簡単に理解などできるはずがないと憤りを感じた。

私はこの件を冷静に考えてみた。技研開発にマネをされたということは、当社のシステムが認められた証しであると同時に、技研開発は技術的に競合相手ではないと安堵感を覚えた。当初は我々の商売に影響が及ぶと心配し、もっと購買意欲を掻き立てる（誘導）商談システムを次のバージョンとして開発を進めていた。

私は技研開発の出方を見計らって新商談システムを公開するか否かを考えていたが、今後の技研開発の動きと、供給されたテスト用システムの状況をよく観察（情報収集）しながら様子を見ることにした。

その後、技研開発の動きに変化は見られなかったが、直営店に対し技研開発は我々の営業活動を阻止しようとエスカレートしていった。その阻止の根拠（本田技研のシステム開発）として、ここ一〜二年先には商談だけでなく、見込み客アップから成約までの流れを総合的に管理フォローできるシステムを開発しているとのことだった。

そしてこの話がホンダ店に拡散し、この一件で我々の営業活動に悪影響を及ぼすこととなった。既に我々がデモンストレーションを行い、導入が決まったホンダ店からのキャンセル、導入検討していたホンダ店の返答が保留となった。また、予定されているデモンストレーションも中止となってしまった。

将来的には本田技研含め、どこの自動車メーカー（システム開発）でも商談から成約、顧客フォローまで総合的（合理化を図る）に管理できるシステムを開発するのが本来の姿だと思う。こんな状況の中、どんなに優れた商談システムであっても、技研開発を進める総合的システムが完成すれば、ホンダ系列店はそれを選ぶだろう。

我々（当社）はこのような状況により、すでに開発していた新しいシステム「インフォメーション・システム」の公開ができなくなってしまった。当社のシステム開発はあくまでも、商談のプロが使う単独（スタンドアロン）の商談専用システムである。総合的ネットワークに接続しないことを前提に開発したものである。

今さら言うまでもないが、会社には分掌があり、営業・事務・サービス・その他、それぞれに適した部署がある。仕事または作業を人が担っているようにコンピュータにも、それぞれ特有の機能がある。その仕事をシステム化し、処理することでコンピュータは役を果たす。

つまり、何でもかんでもコンピュータを一元化することを考えるのではなく、コンピュータにはコンピュータの役割分担があるということを、「商談のプロとして」言いたいだけだ。

そんなある日、訪問先のホンダクリオ直営店の店長さんから直球を投げられた。「技研開発と提携する考えはないか」という問いかけであった。その店長さんの話では技研開発と御社が手を組めば、お互いの特長を活かせば「より良いものができるのではないか」、うちの社長(直営店)は技研開発の総合的ネットワークを評価している。だが、私(店長)は総合的につながることは良いが、「現場のことを考えれば断然、御社のシステムの方が役に立つ」と思う。というありがたい言葉だった。

その店長の言葉に私自身、組めるものなら組んで現状の不安を無くしたい、また当社の安定・安全・安心を願いたいところだが、その場では返答できなかった。私はこの不安が安心に変わるなら変えたいと気持ちが離れなかった。もし、技研開発と事業提携できれば、将来的に当社の発展向上につながる「願ってもないチャンス」かもしれない。

そこで以前、ホンダベルノでお世話になった当時のベルノ課長(Y氏)が支店から本田技研本社に栄転されたことを知り、ご無礼承知の上、この件を相談してみようと面接をお願いしました。そしてY氏は会うなり第一声は「ホンダベルノ（以前の会社）に戻れないか！」、今は「どこのホンダ店も時期的に良くない状況だ！」、「できれば会社（シーイーエス）を誰かに任せて、元に戻れないだろうか！」とお願いされた。

バブル経済の崩壊

1991（平成3）年3月ごろ。

世の中はバブル崩壊の影響を受けており、ホンダディーラーも不況に陥っていた。ホンダベルノ時代に拠点展開をはじめ、いろいろと無理難題を聞いていただきお世話になったY氏に恩を仇で返すようなものだが、私はここまでの道のりと将来への目標について心をこめて話し、事情を聞いていただくことにした。

これまでホンダベルノでは経営者として全権を任せてもらっていたが、経営のトップではなかった。気持ちだけはトップとして山あり谷ありを経験し、何かと経営判断させてもらったが、実質はトップでないのだからという甘えもあった。また、実質的に経営者（責任の度合い）としての実感が湧かなかった。それと会社の規模は別として一度は経営のトップ「社長として」本来の経営を自身のやり方で実感したかった。

そして社長をやってみて肝心なことが抜けていた。「経営方針（事業計画）を立てる」ことであった。ホンダ店ディーラーでは本田技研との覚書（規約）を結び、それに従って経営をする一種のフランチャイジー（加盟店）契約である。約束された販売台数を売り、利益を上げ、そして拠点展開など事業を成長発展させていくこと。言い換えれば決められたパターン（お手本）に沿って経営方針を立てることができる。

しかし、自社にはフランチャイジーのようにお手本がない。だからと言って、会社の経営方針を誰かにお願いして作ってもらうわけにも行かない。今さら恥ずかしいことだが、自分で会社をやりたいだけが先立ち、経営方針（事業の進め方）など考えもせず起業（会社設立）した。会社の将来性も考えずただ単に商品を販売して、それなりの利益を出せば、簡単に経営できると思っていました。

このような考えで会社をひたすらやってきました。ただ、経営方針とは言えないが、「ホンダ車の販売に役立つ会社」であれば、「飯は食えるだろう！」と漠然とした考えしかなかった。今となって、どんなに小さな会社であろうが、経営理念（こうあるべき）とか経営方針（目指す方向）は必要だと感じた。これからは経営の在り方をもっと勉強してしっかり経営計画を立て、社長として会社をやっていきたいとその旨をY氏に伝えた。

そして本題の「本田技研システム開発との業務提携」について相談しました。Y氏は二つ返事で、今すぐにでもシステム開発を紹介するが、とかく「本田技研という会社」は、相手を都合の良いように利用して、用がなくなると相手を簡単に切るという組織であることを頭に置いて考えてほしい、それで良ければシステム開発の責任者を紹介するとのことであった。あなたが今後、未来に向かって事業を展開するなら「経営トップとして」自由気ままに商売した方が良いと思うがと言われ、今一度考えさせられた。後から思えば私をホンダベルノに戻す為の脅し文句だったのだろう。

Y氏の言葉は私の心情と人間性を見抜いたアドバイスに思えた。ここでY氏に言われたことをよく考え判断することにした。この相談事は自分として不覚だった。経営トップ（社長）は、悩みがあろうがなかろうが、たやすく人に頼らず、何事も自分自身で「感じ取り、よく考え、決断する」ことが使命であることに気が付きました。私はY氏にお会いできてよかった。「これで踏ん切りもついた」。私はこの件で、ためらいもなく**新たなシステム「インフォメーション・システム」を公開する**ことにした。

このシステムは、店舗別にオリジナルの案内企画を画面表示できることが特長である。例えば、試乗車、お買い得車、車点検、保険の相談、イベントなど、店で企画したことを画面表示によってお客様に案内する（伝える）ことができる。

既納客でも来店客でも、お客様に対してコンピュータの画面から流れる案内をテンキーで選択すれば、その画面が瞬時に変わり表示案内する。また、営業マンの他、スタッフ全員でお客様の応対が容易にできるシステムである。

そもそも当社はコンピュータを活用して人の手間暇を省くことを考え、コンピュータによる販売業務の効率化を考案してきた。例えば営業マン不在でも、その他スタッフがコンピュータを操作してお客様の応対ができる。その結果（情報）を営業マンに伝えて販売につなげる商談システムを開発してきました。

これまで我々の営業活動では、ホンダの販売店を訪問してデモンストレーションの承諾を取り、そしてシステムの概要を説明し、操作性など使い勝手を実演することで、相手に必要か否かを考える余地も与えず、導入の必要性を強く感じさせ、随分と導入が決まった。いわゆる「衝動買い」をさせてきた。

技研開発の総合的ネットワークシステムが具現化すれば、当社の商談システムは長くはもたない。我々は経営方針を掲げ、序説（前置き）として新しいシステム「インフォメーション・システム」について「何故このシステムを考案したのか」、「何故このシステムは単独なのか」をしっかり説明し理解と納得が得られた上でデモンストレーションを行い、その商談の流れに実例（商談の良し悪し）を挙げ相手の許す限り時間をかけ、対話形式（質疑応答）で説明（指導）に当たるやり方「コンサルタント方式」に改めた。

我々のシステム開発の在り方、考え方を相手方にしっかり伝えることによって、より信用と信頼を得るシステム会社を目指して営業活動することとしました。

こうして前置きをしっかり話すことにより、我々のシステム開発の考え方と技研開発の考え方（総合的システム）の違いをホンダ店各社に理解していただき、これまでに保留となったところや検討段階だったところが理解を示し、納得して当社のシステムが導入された。努力を重ねるごとに信用信頼され、経営は不安から安心に変わっていった。

ある日、神奈川県のホンダクリオ店に飛び込み訪問しました。そして店長さんに当社の紹介と目的について話をさせていただきました。飛び込んだタイミングが良かったのか、デモンストレーションを実施することになりました。

その店の営業マンを数人集めていただき、いつものように序説（前置き）からはじめました。そしてデモンストレーションを行い、一通りの説明が終わりました。このデモンストレーションに店長も営業マンも誰ひとり感動もなく、質問すらありません。私はこれまでデモンストレーションを実施して、このような雰囲気は体験したことがなかった。普通なら商談システムの説明を聞き、見て、触って驚き、興味を持つのは当たり前のことだったが、一体この店の店長と営業は？……何を思っているのか皆目見当もつかなかった。

この法人（ホンダクリオ）は社員教育が徹底されているのか、何事にも落ち着いて感情的にならず忠実であり、驚いたり取り乱したりしない。私から見れば雰囲気が普通とは思えなかった。そこで当社の商談システムの評価について店長に問いかけをしました。するとその店長から私に今から「全店の店長をこの本店に集めますから」、それまで待機していただけますかと、声がかかった。

そして各店の店長が揃い、リプレイ（再度説明を実施）となった。我々が説明する中、その店長（本店長）が我々の説明に加わり各店長に、この商談システムの考え方や使い勝手など要所要所（ポイント）を事細かく説明しだした。私はこの対応に驚き「我々の出る幕ではなかった」。この本店長は我々のデモ説明をしっかり聞き取り頭に入れて商談システムの流れを把握していた。これは異例のことだった。

今までにない濃密なデモンストレーションが終了した。本店長は集まった店長たちに意見を聞くわけでもなく、その店長たちの表情を見るなり、この商談システムの内容を社長へ伝えに行った。そして社長が本店長に「この商談システムは必要か！」と、問いかけた。本店長は迷わず「これは必要です」と答えた。

私は、このクリオ店の社員教育は「心のコミュニケーション」が徹底され、気心が知れた人の集団を作り上げている会社だと感じた。

このデモンストレーションにより商談システムが全店に採用され導入が決まりました。そして商談システムを納める日となった。当日、私は他のホンダ店を訪問するためこの日の立ち合いはできなかったが、スタッフによって問題なく通常通り全店に納まりました。

納入した翌日のことでした。このクリオ店から一本のクレームが入った。それは商談用の見積書を印字するプリンターの具合が悪いとの連絡であった。すぐさま神奈川県の地域サービス保守会社に連絡を取り修理を依頼しました。それから2時間後、今度は社長から電話があり、未だサービスが来ない、「何とかしろ！」とすごい剣幕でお叱りを受けました。私は、この時点で地域サービスは当てにならないと考え、自社から約３００km先の現地クリオ店へ代替品を車に積み込み急行することにした。

東名高速を休憩も入れずひたすら走り続け、その現地クリオ店まで概ね4時間ぐらいかかり到着した。早速、不具合のプリンター交換をスタッフに指示し、私は急いで社長のところへお詫びに伺いました。社長は私の顔を見て、「まさかお宅が来るとは思わなかった」と驚いた表情だった。遠路をいとわず駆け付け対応したことに感動したのか、その社長は私に「ありがとう」の言葉をくださいました。そして社長から「近々にオープンする拠点ができる」。そこへお宅の商談システムを頼むと言われた。私はこのありがたい言葉に只々恐縮するばかりだった。クレームの解決は「早いに越したことはない」と実感した。

この一件が「ピンチはチャンス」となりさらに信用信頼が深まっていった。その社長から関連会社のホンダベルノ店も紹介いただき、即座に導入が決まり、当社の商談システムは勢いづいていった。

この頃、**第三弾のシステムとして「商談の人工知能システム化」**に取り組んでいた。

このシステムは「お客様が簡単に操作」できるように考え、キーボードのテンキーまたはマウスを使い、お客様とコンピュータが商談することを可能とする面白いシステムである。

開発にあたり、商談（お客様と営業マン）に関するやり取りやプロ営業マンの持つ技量（ノウハウ）をできる限り蓄積してデータ化したシステムである。成約につなげるための手段をプログラム化することによって想定される範囲で機能する商談システムである。

このシステムの特長はお客様が新車の見積もりを求める場合、このコンピュータに希望する車種、グレード、アクセサリーなど諸費用も含め、お客様自身で該当項目を選択することができるという点である。そしてお客様の希望価格を入力すると、コンピュータからお客様へメッセージが表示される。その希望価格に合わないと、「考え中……」と表示する。数秒後に「グレードを変更してください」とか、「アクセサリーを変更してください」とか、「店長に相談してください」とか、その希望価格に合わせた多様なメッセージでお客様に対応する、遊び心ある面白いシステムだ。

このシステムの完成はもう少し先のことだが、ピンチからチャンスとなったホンダクリオの社長にその試作プログラムの評価をしていただこうと、ブック型パソコン（ノートパソコン）を使い説明をさせていただきました。そして社長の反応は早かった。「これは面白い」、「このシステムはいつできる」、「拠点当たり5台として35台必要」、「今すぐに発注するから早く欲しい」との依頼を受けた。

このシステムの価格も決まってない状態で、すぐにでも欲しいという社長の反応に驚きました。社員と同様、沈着冷静な社長だと思っていたが、このシステムによほど魅力を感じたのか、その社長は何かに取りつかれたように、このシステムを要求した。

私は35台という大量の発注に驚いたが、これを素直に受け入れることができなかった。その社長が気に入った理由はブック型パソコンに興味を抱いたことである。当時のブック型はデスクトップ型に比べて消費電力量が少ないため、明るい場所で画面を見る場合は非常に見づらい。持ち運び（移動）について利便性はあるが、商談に適合するかどうかは実績がないため分からない。本来はブック型ではなくデスクトップの固定式にする予定であった。

このようなリスクを社長に説得し、35台から28台に改めさせていただきました。それから一カ月後、このブック型のメリット・デメリット、注意点など、しっかり説明して無事納めることができました。

私はこのクリオ店を定期的に訪問し、システムの使い勝手を確認しながら適度に指導させていただきました。また、社長との信頼関係も更に深まり、社員教育、拠点展開、事業計画など経営に関しての話も挟めるようになった。また、ホンダ関連の話をするたびに、その社長は私に「ホンダのことよく知っているね！」と、感心された。

ある日、本店に訪問した時でした。私が以前「ホンダベルノ」に在籍していたころ、本田技研から「本田技研会計システム」の経理指導を受けた方（I氏）にバッタリ出会った。思い出せば、ホンダベルノ立ち上げ時から十年ぶりのことであった。

I氏は私の顔を見てすぐに分かったらしい。「懐かしいね！」と声がかかり、私も誰だかすぐに分かった。「その節は大変お世話になりました」と、頭を下げました。そこに社長が現れ、

I氏に「あなたたち知り合い！」と、問いただされた。I氏は私のことを「以前ホンダベルノの店長だった」ことを社長に明かした。

その社長は「謎が解けた」とつぶやいた。私がホンダディーラーのことをあまりにもよく知っているので興味を持っていたらしい。今となって私の経歴が明かされ、ますます信頼が深まっていった。

こうして当社のビジネスは各地ホンダディーラーへ勢いが増していった。そんなある日、私宛てに他メーカー・ディーラーから問い合わせがありました。その内容は、ホンダ店で使っている御社の営業用システムは「他メーカーの仕様にすることができますか！」、「もし可能であれば導入したい」というストレートな問い合わせであった。私は、「この仕事を受けるべきか断るかべきか」戸惑いましたが、その場は丁重に「検討させていただきます」と、そのディーラーさんに返答をしました。

実は、たまたまホンダ店に遊びに来ていた他メーカー・ディーラーの所長さんが、そのショールームに設置されている当社の商談システムを見て、「ホンダは進んでいるよなぁ！」、こんなマシン「うちにもあったらいいなぁ！」とつぶやいたらしい。このホンダ店の店長と他メーカー・ディーラーの所長とは、プライベートにしても非常に仲が良く、何でも本音で語り合える相手だそうだ。他メーカー・ディーラーとはいえ、「頼まれれば嫌とは言えない間柄」らしい。そして店長は当社を紹介してくれた。だが、このありがたい話を正直言って喜ぶことができなかった。

これには理由があった。一つは、他メーカー仕様のディーラースタイルをつくることは容易だが、既存のホンダ店からの道義的クレームがあるかもしれないこと。もう一つは、他メーカー仕様に掛ける時間と開発費用であった。

ちょっと話は横道にそれるが、そもそも私が商談システムを開発した目的は、ホンダベルノ時代に遡る。当時、ホンダベルノ系列は人気車種も続々登場し、来場客で賑わっていた。このタイミングに合わせたかのように、自社ホンダベルノは新規参入企業として立ち上がった。

そして本田技研からテリトリーを与えられ、基盤固めとしてその地域のホンダ店と有用性のあるお付き合いを求めて営業活動を行いました。しかし、その営業活動もむなしく、隣接する他社ホンダベルノの影響力もあって、テリトリー内の営業活動も儘（思い通りに）ならなかった。これらの要因は自社が新参者だったからである。

また、この地域に他社ホンダベルノの既納客（お客様）が存在し、テリトリー内であっても自由に販売活動することができなかった。しかも、地域ホンダ店の敵対意識も強く困惑している状態であった。営業マンも乏しく新車販売における育成指導ができる状態でもなかった。これらの問題を解決するには時間をかけて根気よくやるしかない。そしてテリトリー内のホンダ店に早く信用され、仲間に入れていただけるよう努力を続けた。

だが、ホンダ店のご機嫌伺いだけでは商売にはならないと対策を考えていたら突如こんなことが頭に浮かんだ。他社より一歩進んだ自動車販売ディーラーとなることである。そのためには、「世間に注目される」、「最も新しいことをやる」、言わば「業界の最先端を行く」自動車ディーラーにすることを考えた。もし、実現できたら周りのホンダ店を引き付けることもできるだろう。

前文でも述べているが、商談する際、お客様と営業マンとのやり取りに随分と時間を要する。これは商談の流れとして仕方がないことだが、場合によっては内容を間違えたりすることもある。間違えれば何度でもやり直しとなり、更に時間がかかり無駄な労力を費やすこととなる。とかく商談というものは手間がかかる。お客様にとっても営業にとっても、「早くて」、「正確で」、「条件に見合う」納得できる商談をしたい。

そして、ふと浮かんだことは、「商談をコンピュータで対処できないものだろうか！」である。新車の見積もりであればコンピュータに任せた方が速く（早く）て確実である。コンピュータで操作した方が無駄な時間や労力を費やすことなく効率的に商談ができるとしたら理想であり、目的を果たすことができると考えた。また、コンピュータを使って商談をすること自体、業界に例を見ない画期的なことだと思った。

こうして「自社だけのために」コンピュータで商談することを目的に開発したものであった。たとえホンダ系列のディーラーであっても、私自身は他社のホンダ店への供給はしないものと考えていた。

当時、三番目の拠点がオープンした際、この商談システムが他社ホンダ店系列の話題となり公となった。そして各系列ホンダ店（他社）からシステム導入の引き合いがあったが、「システムの供給はしない」と拒んでいた。しかし、当時の自社ホンダベルノは資金難であり、経営は厳しく苦しい状況であった。

「金がなければ経営はできぬ！」……これは実体験（経験）した者にしか分からないだろう。経営する者にとって金がないほど辛いものはない。このような資金不足が引き金となり、私はこれまで突っぱねてきた商談システムを供給（販売）することによって、少しでも資金不足の解消となるならばやむを得ないと、販売に踏み切ることを決意した。

そこで、どのようにして系列ホンダ店へ販売したら良いかである。本業でもない自社ホンダベルノが同業他社へ、このシステムを売ること自体に私は気が引けた。上手く売るにはと考え（負担）、ハード（パソコン一式）を先方で用意していただき、ソフト（プログラム）のみを販売した方が効率的と考えた。しかし、ソフト（プログラム）を一体幾ら（価値）で販売したら「妥当」であるかである。

妥当とは、「無理なく適切であり納得できること」とある。そしてソフト（プログラム）の価値である。価値とは、「その物がどれぐらい役に立つか」である。例えば販売するソフト（プログラム）を利用するにあたり、「正確で迅速に対応」、「まとめる商談が容易」、「営業教育ができる」など利用価値があるはずだ。だが、価値あるソフト（プログラム）だとしても、無形物だけに「価格」を設定することは容易でない。

価格についていくら考えてみても、妥当であるかないかは相手が判断することである。自社ホンダベルノとして安く売れば手元に入る金は少額となり価値も下がる。高く売ることができれば手元に入る金は当然多額となり価値も上がる（資金不足の解消につながる）。あれこれと考えてみるものの、結局はハードとソフトをセットにして販売した方が、ソフト（プログラム）の価格を気にしなくて済むと考えた。そして現金販売はしないことを条件としてリースで販売することにした。

まずはリース料金の設定である。ハード機器一式（パソコン・モニター・プリンター）が当時の購入価格で80万円くらいでした。これを5年リースにすると月々1万6000円のリース料金となります。これにソフトを組み合わせ、月々を2万円のリース料金としたら相手にとって妥当であるかと考えた。

リース料金が月々2万円ということは、リース会社にハードとソフトを合わせ100万円で売ることになります。ハードの価格80万円を差し引くと、ソフトの価格は20万円ということになります。この20万円が自社の資金となる。これ以上考えてみても得策は見つからず、最終的にこの条件でスタートすることとなった。

そして自社テリトリー内の引き合いがあったホンダ店から順に、ハード・ソフトをシステム一式として、月々2万円（消費税別）のリース料金でリース会社と契約していただくこととなった。これがきっかけとなり、ホンダ店との絆を深めることとなった。

これまでの経緯を長々語ったが、メーカー（開発元）はメーカーとして価格の決定権があるものの、相手（客）が納得できる物や価格でないと商売は成り立たない。こうして価値（役に立つ）を認識した上で価格（納得できる）を設定した。

前文の話に戻るが、ホンダ店の店長から紹介いただいた他社メーカー仕様の要望については我々の今後の行く末を考えタイミングを見計らって、その系列ディーラーに見合った仕様をつくることとした。そうした中、我々のホンダ商談システム販売は衰えることなく、経営にもゆとりが生じるようになった。

この頃、シャープ（電機メーカー）から電子手帳が発売されていた。この電子手帳に私は強く心を惹かれた。もしも、このシャープ製の電子手帳と自社の商談システムを組み合わせ、端末機として利用できたとしたら、非常に面白い組み合わせになると考えた。

シャープの電子手帳に新車見積もり機能を搭載することができたとしたら、場所を問わずどこでも商談することができる。しかも手のひらサイズで携帯性は抜群である。こんなことを描きながらシャープに問い合わせし、電子手帳の資料提供を依頼した。そしてシャープの電子手帳を購入して、携帯システム開発を進めることとなった。

このシステム開発にシャープ担当者も興味を持ったのか、我々の考え方に親切に応対していただき信頼関係も深まっていきました。シャープの電子手帳とシステムテストを繰り返し行い、完成度も高まり最終段階となった。そして既存のホンダ店に試作システムを持ち込み営業の皆さんに使用していただくこととなった。

そして営業マンに電子手帳（商談端末）の使い勝手を聞かせていただきました。営業マンたちの反応は良く、「タッチパネルで操作しやすい」、「どこでも見積もりできる」、「すぐにでも営業で使いたい」など良いことずくめだった。そして店長、営業から「この手帳システムの値段は⁉」、「これは買取りなのかリースなのか⁉」などの質問が殺到しました。

これについて「一日当たり百円」ぐらいの価格で「3年のクレジット支払い（買い取り）」として考えていますと回答しました。「ただ、この電子手帳はテスト用として公開しましたが、近日シャープから新製品が発表されます。この電子手帳より更に機能アップされた商品です。この価格帯は新製品で考えています」と対応しました。

そして私の話に納得していただき、支払い方法は考えるとして営業マン全員の予約注文をいただくこととなりました。

シャープ電子手帳ザウルス商談システムが誕生した

1993（平成5）年。

自社とシャープの提携により商談システムと電子手帳ザウルスの組み合わせが評判となり、

既存のホンダ販社からご注文が殺到し大成功を収めた。こうして経営をやってこられたことも「スタッフたちの尽力」、「お客様からの信頼」、「取引先のご支援とご協力」があったからできたことです。今となって考えてみれば、会社を立ち上げてから三年の歳月はあっという間に過ぎ去っていきました。

ここまで来るのに「山あり谷あり」でした。経営の危機、不安など幾度か体験し実感してきました。そして、これまでの経験を活かし、もっと業界に貢献できる会社として成り立つことを目標としました。

自社立ち上げ前に導入されたホンダ店のリース契約も終了間近となり、新しいシステムの新規契約も滞りなく進み会社経営は安定期に入りました。これまで私は仕事一直線でやってきました。ようやく気持ちが一段落ついたことで、何か趣味でも持ちたいと思うようになりました。

この頃、季節は冬で久しぶりに家族と一泊のスキーに行くことになりました。スキーは随分のご無沙汰だったので滑ることが不安だった。また、子供たちと一緒に遊ぶことも久々だった。最初は息子とソリ遊びで楽しんだ。そして休憩を取り、午後からはスキーを履き、娘と一緒にリフトでゲレンデに上がることになりました。

娘はスキーに慣れていてスイスイと滑り下り、私は初心者かのようにモタモタして娘を追いかけることがやっとだった。足元だけが目に入り、周りを見る余裕もなかった。そして感覚を取り戻そうと途中で立ち止まり、お手本となるスキーヤーを観察して、要領をつかむしかなかった。

それぞれのスキーヤーを観ているうちに感覚を取り戻し、不安なく滑ることができるようになった。私のスキー歴は二十年ぐらいだが、基礎を知らない我流の滑り方だ。今になって、基礎さえやっていれば、娘にもカッコいいお父さんを見せることができたのにと思った。

いっその事、スキー学校でも入って基礎から始めようとも思った。そんな中、私の前を一枚の板に両足を固定してカッコよく滑っていく人に注目した。「あれは一体何だろう！」滑る動作は、まるでサーフィンのようだ。

その姿格好を見るまではスキーに没頭していて気にもしなかった。よくゲレンデを見渡せば、その一枚の板で滑っている人は沢山いた。私は興味津々でその人たちに、それは「どんなスポーツ」と尋ねた。聞く限りでは未だ歴史に新しい「スノーボード」というスポーツであった。滑り方はサーフィンに似ており、このスポーツだったら私でも簡単にできると思った。しかも、スキーよりカッコいいスポーツだ。年甲斐もなく、このスノーボードに強く心を惹かれることとなる。

四十三歳でスノーボードをはじめる

1995（平成7）年。

冬の趣味としてスノーボードにチャレンジすることとなった。板、バインディング（ブーツを固定する金具）、ブーツの3点を揃えるため大型スポーツ店へ行くことになった。そして担当の店員さんに尋ね、私に合う道具を揃えてもらうことにした。店員さんに言われるまま衝動買いだった。思えば随分高いものを買ってしまった。

道具も揃い、ある程度イメージトレーニングを行い、やる気満々で週末スキー場へ向かった。季節も2月ということで、雪質などのコンディションもよく絶好のスノーボード日和となった。私は迷わずリフトの一日利用券を購入し、ボードを片足装着してリフトでゲレンデへと昇っていきました。リフトに乗るときは違和感はなかったが、リフトの降り場が近づき降りようとしたときでした。板のエッジが降り場の雪面に引っ掛かりその場で転倒しリフトを止める結果となった。

スキーは体を正面に向け滑り降りるが、ボードは体を横向きにして滑り降りる。リフトの乗降も同じようにボードは体を横向きにしないと困難である。そして降り場から移動し、コース端に座ってもう片方の足に装着した。

次は板の上に立とうとすると、体よりボードが先行し立つ前に尻もちをつく有り様です。この繰り返しで、約400mのコースを下るのに50回以上も転倒し、後頭部、両手首、膝、尻など全身打撲して散々な目に遭った。乗り方がサーフィンと同じだとイメージを描いたが、全く違った。結局、この日がその年最初で最後のスノーボードとなった。

高価な買い物までしてやろうとしたスポーツ（趣味）だったが体力なのか、気力なのか、恥じらいなのか、よくわからないうちに挫折してしまった。そこでこの道具を格安で譲ろうと多方面人を当たったが結局、相手は見つからなかった。そして月日は過ぎ、早くも冬となり雪のシーズンが到来した。

この年、子供つながりの親しい家族とスキーに行くことになった。私は仕方なくホコリのかぶったスノーボードを引っ張り出し参加することにした。それぞれの家族がスキーで楽しんでいる最中、私は去年の二の舞を踏まずとリフト券は買わず、歩いてゲレンデに上り、自分が安心して滑れる場所でボードをやることにした。

このスキー場は比較的小規模のファミリー向けのゲレンデである。そんな中、少数の人がスノーボードをやっていた。その人たちの滑りを観ながら滑ることにした。見よう見まねでやるうちに、滑る方向へ曲がる止まるの要領を掴んだように思えた。スキーでも同じことが言える。止まることができないと自ら転んで止めるしかない。

止まることができれば不安から安心と自信がつく。この止まることをポイントとして徹底的に練習することにした。「安心は安全となり安定につながる」。逆に考えれば、「不安は危険となり挫折する」。

去年の挫折はどこへ行ったのか、何だかやればできることに喜びを感じた。そして皆さんの家族と合流して昼の休憩となった。午後からは半日利用券を買ってリフト乗降にチャレンジすることとなった。このスキー場は急なゲレンデは、ほとんどないので滑り出しの怖さはそれほど感じない。そして上手い人の滑りを観ながら滑り出し、曲がる、止まることを意識して滑り降りることができるようになった。この要領でリフトの乗降を何度も繰り返し練習に励んだ。

ここで去年を振り返ってみると、やる気満々でトライしたスノーボードであったが、想像を絶するものだった。私はスノーボードとサーフィンを同じ横乗りのスポーツと安易に考えていた。イメージトレーニングは大事だと思うが、実際に体験してみるとボードのコントロール(止まる)ができず、危険回避するごと、何度も転び痛い思いをした。この現実感がショックとなり挫折することになった。

これらの要領を理解できたことで、このスキー場に行き来し、練習を重ねるごとに上達していることが実感できた。スノーボードがより面白くなった。私はこのスノーボードを趣味として続けるとしたら我流では元の木阿弥と考え、スノーボード学校で基礎を学ぶことを望んだ。このスキー場はスノーボードの学校がないため、学校のあるスキー場へ行くことにした。そして入校しようと窓口に向かったが、受付場所には若い人ばかりで、私のような年長者は一人もいなかった。

受講することが年のせいなのか、とても恥ずかしくその場を断念した。そしてこの学校のレッスン風景を遠くから眺め、自分なりにその滑りを「反復」、「継続」、「確認」してシーズン最後のスノーボードは終了した。

三年目のシーズンが到来した。去年、スノーボード学校に入ることを断念し、終わったことに若干悔いが残った。ただ、今シーズンは考え方を変え、スノーボードの教材（教本・ビデオ）を購入して独学でやることにした。これだったら恥ずかしいこともないし、レッスン料もいらない。掛かるとしたら教材費用だけだ。

だが、教材のビデオを見て、教本を何度も読み直し、実際に滑り始めると、思う通りにはいかない。一つずつ理解するまでにけっこうな時間が掛かる。我流はあくまでも自分勝手なやり方、自己流である。スノーボードをやる限り、基礎（理解する）と基本（実行する）を身に付けて、効果的な技術を学ぶことが大事で大切なことである。

こうして練習を重ねるごとに上達していった。自分自身に基礎・基本が身に付いたのか、安定した滑り方が分かるようになった。その頃、スノーボードの検定試験（バッジテスト）があることを知り、私は興味を持った。

バッジテストは5級から1級クラスまであり、ＪＳＢＡ会員（日本スノーボード協会）になれば2級から受けることができる。私はバッジテストの開催日を調べ、そのバッジテストの要領を確認するため、見学することとなった。

当日、スノーボード・スクールには大勢の受験者が受け付けを済ませ、午前中は事前講習となる。実際の検定バーン（試験場所）で各級種目別に受験者一人ずつ滑走させ、インストラクター（教師）から本番へのアドバイスを受ける。そして午後から本番となり、受験者は緊張する中、バッジテストが始まった。

注目は受験者の多い2級クラス（約30名）である。実技種目はショートターン、ロングターン、総合滑走の3種目となる。この3種目の合計が210点以上であれば合格となる。私は気になる2級クラスの滑りを観ることにした。

そして2級クラスの滑走を観て、受験者の技術にかなりの差があることが分かった。例を挙げれば、「それなりの技術もなく受ける人」、「何度も受けて慣れる人」、「スクールで要領を学び受ける人」など様々な受験者がいることが分かった。

そしてバッジテストが終わり、合否の発表となった。2級の合格者は4名と意外に少ない。技術レベルの差はあるものの、私はもっと多くの合格者が出ると思った。バッジテストがこんなに厳しいものだとは思いもよらなかった。

バッジテストの結果を見て狭き門だとよくわかった。そしてバッジテストを受けるか受けまいか迷うところだが、思い切ってＪＳＢＡ（日本スノーボード協会）に加入し、バッジテスト2級にチャレンジすることにした。私は今さら「ボードスクールで基礎・基本を学ぶつもりはない」。あくまでも教本・教材を基に独学してきたことが、どのぐらい通用するか試してみたかった。

目標は高いかもしれないが、バッジテスト2級を目指して猛特訓しました。そして初となるバッジテストを受けることとなる。当日、2級受験の受け付けを済まし、午前の事前講習を受ける。2級受験者は30人超と、以前見学した時と同じような受験者数である。

2級受験者は3〜4クラスに分けられ模擬試験を受ける。私のクラスは8人、皆それなりに上手い人が多い。私は受験者の中でも最年長者（当時45歳）であり、その仲間たちを見渡しても30歳前後の人が大多数を占める。流石《さすが》若い人達の滑りはスピード感があり切れもある。私はこの状況に圧倒され、自分の滑りが思うようにいかなかった。

そして午後、試験場所に集合して本番のバッジテストが始まった。3級から2級、1級の順で始まり3級の種目が終わり、次は2級である。1種目めはショートターンで、私は7番目のスタートである。先に滑る人を参考にしながら観ていた。皆本番となると緊張している様子。模擬テストのようには上手くいかないものだ。いよいよ私の番が回ってきた。私は年のせいか、緊張どころか意外とリラックスしてスタートした。むしろ模擬テストの方が緊張したかもしれない。ショートターンは自分なりには上手くいったように思えた。

次は2種目めのロングターン、続いて最後の種目は総合滑走である。自分としては全3種目をスムーズに滑り終えた。そして合否の発表は、ショート69点・ロング69点・総合滑走69点で合計２０７点、合格２１０点に3点足らず不合格となった。この結果に悔しさはなく、自分の実力が分かった。この日の2級合格者は5名だった。初体験のバッジテストを終え、次回のバッジテストに向け練習に励んだ。

そして2回目のバッジテストを受け結果はこの通りである。ショート69点・ロング69点・総合滑走は70点と2点足らず不合格だった。3回目を受ける。結果はショート69点・ロングは転倒し68点・総合滑走では加点が付き71点、2点足らず不合格となった。

続いて4回目を受ける。結果はショート69点・ロング70点・総合滑走70点と惜しくも1点足らず不合格となりました。

私は立て続けに毎週のようにバッジテストを受けたが、どうしてもショートターンだけが合格点に達しない。このショートターンが上手くいけばと思うが、焦っても仕方がないと気を落ち着かせ、ショートターンに集中してひたすら練習に励んだ。

そして5回目のバッジテストにチャレンジする。私は前文でも書いたが「あくまでも独学を通したい」という考え方でこれまでやってきた。ここまで来たからには諦めず、合格するまで何十回でも受けてやる。「これも仕事だと思え」と自分に言い聞かせた。

5回目ともなると顔見知りも増え、自然にその人たちと友達（検定仲間）となり、また良きライバルとして合格を目指して競い合った。自分からすれば大げさかもしれないが、スノーボードは単なる趣味ではなく、人生をかけたサバイバルゲームみたいなものだ。

これまで趣味として経験した自動車競技にしてもサーフィンにしても、若き頃の単なる遊びから始まり趣味となった。また、独身だったこともあって何でも自由にできた。結婚（二十七歳）してからは、これらの趣味を捨て、仕事一本の人生に変わっていった。だが、仕事とはあくまで生活するための手段であり、自分を楽しませるものではない。この十数年間ひたすら仕事だけの人生に限界が見え始めた。そして四十三歳になって、スノーボードというスポーツに出会ったことで人生が変わったように思える。

思い出せば、仕事が一段落し、その余裕がきっかけでスノーボードをやることとなった。しかし、その気持ちもむなしく初回初日で挫折した。私は遊びではなく趣味として取り組んだはずだったが、思ったほど簡単ではなく上手くいかないことに嫌気がさした。そのときの気晴らしに過ぎなかったかもしれない。

その翌年、板（道具一式）など処分できなかったこともあり、仕方がなくスノーボードを再開することになった。そしてやったおかげで自分自身の滑りがドンドンと上達していくことが面白く楽しくなった。これがやる気となり、バッジテスト2級にチャレンジしたいという気持ちが強く働いたことが目標となった。

この頃、スノーボードのバッジテストを受ける人は私より随分若く30歳前後がほとんどだった。もちろんインストラクター・検定員の方も30歳前後と、若い人たちである。こんなに若い世代とスノーボードのバッジテストを年甲斐もなく受けることが正直言って恥ずかしかった。だが、バッジテストを通して自分自身に学ぶことが沢山あった。仕事にしても趣味にしても、それをやる限り年齢には関係なく、「基礎を学び知識と技術を身に付ける」ことは大事であり大切だと思う。

バッジテストを受ける仲間と会話する中、彼らから学んだことは、社会人として仕事と趣味をわきまえ、その企業（会社）で自身の役割をしっかり担っていることだ。趣味は趣味として自身で掲げた目標を成し遂げるためにしっかり計画・実行できていることだ。

私は今まで彼らを見た目だけで（ただの若者だと）判断していたかもしれない。またインストラクター・検定員の方も生徒および受験者への対応に節度があり、言葉遣いにしても「感じがいい」・「信頼できる」・「教養がある」・「謙虚である」・「人間味のある」など心を惹かれる。彼らは目的意識が明確で考え方にしても驚くほどしっかりしている。私はこれらを見習わなくてはいけないほど教えられ考えさせられた。

これまでの経緯《いきさつ》で話が横道にそれたが、いよいよ5回目のバッジテストに挑む。時期は2月中旬、雪質もバーン状況も絶好の検定日和である。だが、受験者の合格率は一割程度と狭き門である。

そしてショートターンから始まった。練習の成果なのか、雪質が良すぎるのか自分で驚くほど上手く滑ることができた。これまでにない「本当に満足できる」滑りだった。次の種目、ロングターンも出来は良かった。最終種目の総合滑走となった。この総合滑走はこれまで4回受け自分にとって合格点の取りやすい得意種目である。この日はいつもとは何か違う緊張が走った。

出走寸前、内心は合格を意識していた。この総合滑走はショートターンとロングターンを自由に構成して滑走演技を検定員にアピールするものである。そして私の番が来てスタートした。

出だしはロングターンから入り、中盤からショートターンに切り替えたとき、「このままゴールしようか」、「もう一度ロングターンを入れようか」、迷ってしまった。

そしてロングターンへ切り替えた瞬間、バランスを崩し転倒してしまった。私はすぐに起き上がってゴールしたが、この転倒を悔やんだ。何ということだろう。苦手なショートターンも上手く行き、ロングターンも順調に行った。だが、最後の総合滑走で緊張のあまり迷ったことにより動作を誤り転倒した。悔やんでも仕方がないと「これも人生、あきらめも肝心」と、「自分に言い聞かせ」、次のバッジテスト（受験）に気持ちを切り替えた。

そして合否の発表となった。検定員の方が本日の2級合格者は5名ですと公開された。今回、2級の受験者は40名ぐらい居る中、合格者が5名とは本当に厳しい。私は仲間（友達）の合格を期待して発表を待ちました。そして合格者のゼッケン番号が一人目、二人目と発表され、三人目に仲間の一人が、四人目、最後の五人目に私のゼッケン番号が発表された。「私は耳を疑った」、「冗談だと思った」、「信じられなかった」。

受験者の皆さんからは祝福の拍手が鳴り響きましたが実感できなかった。各種目の点数は、ショートターン70・5点、ロングターン70・5点、総合滑走69点、合計点210点で合格となった。ショートターンとロングターンで1点の加点をいただき、総合滑走で転倒してしまったが減点は1点となり、私はラッキーな合格だった。検定員から2級合格の認定書を手にしたとき、現実を感じた。

共に合格した友達と歓喜のあまり思わず抱き合ってしまった。バッジテスト閉会後、私は嬉しさのあまり休憩もせず一直線に自宅へと帰った。

自宅に戻り、喜びの第一報告を倅（中学生の息子）にした。「今日、お父さんはスノーボードのバッジテストで2級に合格した、お父さんは上級者になった」と、偉そうな態度で倅に自慢した。すると倅が生意気に「2級の上に1級はないの？」と、質問を返してきた。私は「あると答えた。倅は私に向かって、「1級を取ったら本当の上級者だね！」と生意気な言葉を返してきた。私は2級合格したことに大満足していたが、この倅の言葉に誘われ1級にチャレンジすることとなる。

1級は2級の種目になかった、ロングターンドリフト（板をズラす）という種目が加わり4種目となる。シーズンも終盤（3月）に入り雪質の変化も激しい。午前中はアイスバーンとなり、午後からはシャーベット状となるため滑る要領が難しい。

そしてバッジテスト1級を受ける。事前講習（模擬テスト）でロングターンドリフトをやってみるが、要領がつかめず上手くズレてくれない。1級受験者のほとんどが、このロングターンドリフト種目に手こずっていた。

今回初めての体験となるが、1級の合否結果は20名中、合格者4名と厳しいものであった。1級となると、2級よりスピードと完成度が求められる。私の結果は不合格。ショートターン69点、ロングターン70点、ロングターンドリフト69点、総合滑走69点、4種目合計277点と合格点280に3点足らなかった。

引き続き場所を変え2回目を受験する。結果、ショートターン70点、ロングターン70点、総合滑走70点、ロングターンドリフト69点と、1点足らず惜しくも不合格となった。1級は2級に比べて甘いものではないと、つくづくと難しさを感じた。

私はこれまでスノーボードを独学でやってきた。これまでバッジテストの結果が1点足りないから惜しいと思い、惜しいからこそ次のバッジテストに期待をかけてきた。だが、この考え方は自分自身を慰めるに過ぎないと思った。惜しいということは、いつまで経っても合格できない。こんな思いはなくし自分自身に「どこが悪くどこが良かった」か、白黒をつける考え方に気持ちを変えることにした。

自身の滑り方に白黒つけるため、思い切ってスノーボードスクールに入校することにした。1級の受講として一日コースを受けることにした。今まではバッジテストの事前講習（模擬試験）を受けるだけだった。事前講習とは各種目でのポイントを検定員に指摘され、それを本番で活かすための講習である。ほとんどの受験者がこれを受けるため、時間もなく個人的には物足りない。

一日コースの授業は午前10時から12時までの2時間、午後は1時から3時までの2時間、計4時間となる。午前中は1級種目の模擬試験を受ける。模擬ではロングターンと総合滑走は合格点を貰えたが、やはりロングターンドリフトとショートターンに課題が残った。この2種目を重点的に練習することとなった。指摘されたことを「反復し」、「継続し」、「確認して」、頭でなく身体で覚えることを徹底的に教えられた。午後も同じ練習を行い、ある程度理解されたところで模擬試験となった。

結果として合格点はもらえなかった。そのインストラクター（講師）からは、この項目を日々練習して、「身体で覚えてから」受験するようにと指摘された。スキー場も終盤を迎え、私としては焦りがあった。そして練習もせず、翌週3回目を受験する。結果は、ショートターン69点、ロングターン70点、総合滑走70点、ロングターンドリフト69点となり2点足らず不合格となった。

あの日、インストラクターに「身体で覚えてから」と言われたことも忘れ、受験した結果がこの通り不合格となり「時間」・「労力」・「費用」の無駄になってしまった。今さら後悔しても仕方がないが、インストラクターに教えられた通り、じっくりと練習してから受験することにした。

身体で覚えるということは、すなわち何度も同じ動作を繰り返し（反復）、それを続けながら（継続）、身体で理解できたかチェック（確認）しながら練習することである。雪質、バーンの状態も以前より滑りづらくコントロールしにくい。これまで仕事も含め、いろいろ経験してきたが、こんなに努力したことは記憶にはない。スノーボードに興味を持ち、単なる遊び（息抜き）から趣味（集中する）に変わっていった。

私は趣味がエスカレートすると、仕事と勘違いするぐらい気持ちが奪われる。集中して練習するが雪質のせいか上手く滑れない。今シーズンは1級受験を諦め来シーズンに懸けようと思った。

ある日、友人（検定仲間）から電話がかかってきた。以前、2級受験で一緒に合格した友人からだ。思わずその友人に「1級はどうだった！」と問いました。すると「二度受けたがダメだったぁ！」とのことでした。あの日一緒に合格したとき、その友人から今度は1級受験だねと声をかけられた。その時は2級合格できたことに大満足して1級どころかバッジテスト自体が懲り懲りですと話していた。

あの時友人にバッジテストは懲り懲りだと言いながら、すでに三度も1級受験していることを切り出せなかった。その友人の話は、今シーズン最後の1級受験に際し、一緒に受けないかとの誘いだった。この話に戸惑い、その友人に切り出せなかったことを話すことにした。実は「既に三度も受けて不合格」だったことを伝えた。友人は、だったら今シーズン「最後のバッジテストを一緒に受けましょう」と強く誘われた。

そして、その友人と今シーズン最後となる1級受験にチャレンジすることとなった。当日、受験の受け付けを済まし事前講習を受ける。終盤ということもあり、1級だけでも30人以上と受験者は多い。事前講習も終わり、「今日の1級合格者は何人だろうね！」と予想していた。友人は「一割ぐらいかなぁ！」、私もこれまで三回受けたが、合格者は一割程度だった。すると三、四人ということになる。

私は三回受ける中、4種目のうちロングターンドリフトだけが合格点をもらえてない。このロングターンドリフトが上手くいけば合格が見えてくる。この日は何だかリラックスして3種目を終え、最後の種目ロングターンドリフトとなった。

あの時インストラクターから「身体で覚える」と言われたことを思い出しスタートした。焦りもなくこれというミスもなくスムーズな滑りができた。そして合否の発表となった。結果、ショートターン70点、ロングターン70点、総合滑走71点、ロングターンドリフト70点、合計281点となり1点の加点合格となった。私を誘ってくれた友人も合格した。友人と喜びをかみしめ、良き結果のシーズンが終わった。

何故か分からないが、1級合格にもかかわらず、2級を合格したときの方が歓喜あふれた。そして倅のおかげで1級が取得できた。こうして、このシーズンは2級受験にチャレンジし、5回目にして合格。1級受験は4回目にして合格できた。

そして、私のことをどこで知ったのか分からないが、あるスキー場のスノーボード学校から自宅に電話があった。その用件とはインストラクターをお願いしたいとのことだった。私は突然のことに戸惑いました。私みたいな中年の親父がインストラクターなど、とてもできるわけがありませんとお断りしました。

相手はそのスノーボード学校の校長で歳の差は私よりも六つ上、しかも現役のインストラクターをやっているとのことでした。その校長の話では、これからのスノーボードは若い人だけのスポーツではなく、幅広い年代層にスノーボードを発展させていきたいとの強い意気込みであった。

あなたのような年齢の方が当学校には是非とも必要だとお願いされた。私はその校長の熱意に圧倒され、ダメもとでインストラクターを引き受けることにしました。しかし、インストラクターとはいっても私は1級資格である。インストラクターの資格なしで務まるのかと質問をしました。その校長は1級資格であればアシスタント・インストラクターとして務めることができるとのことでした。この先インストラクター資格も取得できるよう指導させていただきますとの話に誘われ引き受けることにしました。

これからお世話になる学校のやり方（指導方法）もあるだろうが、私はすぐには所属せず、新たにスノーボード初級・中級編のビデオを購入した。そして人に指導する立場としてビデオを見て聞いて頭に入れ、他のスキー場にも行き、スノーボード学校の在り方（指導方法）を観て要領を掴むことにした。私はインストラクターをやる限り、最低限の知識、技術は身に付けておいた方が学校に迷惑をかけないとの心構えだった。

そして準備も整いその学校に所属することとなった。この学校のルールとやり方（指導方法）を教えていただき、人生初のスノーボードインストラクター（教師）としてスタートすることとなった。初日は初級クラスの生徒5名を受け持った。初級クラスといっても、スノーボードをはじめてやる人、多少経験している人（生徒）の集まりであった。

レッスンを始めるにあたり初めてやる生徒に手間がかかってしまい、困ったことにちょっと滑れる他の生徒に時間的迷惑をかける羽目になってしまった。ワンクール2時間では思うように指導ができなかった。初めから上手くいかないことは承知していたが、指導するということがこんなに難しいとは思いもしなかった。

これが私にとって初の指導者体験だった。私が初めてスノーボードをやって一日で挫折し、そして再チャレンジしてから1級合格までを思い浮かべました。最初は独学でスノーボードを学んだが、やはり誰かに滑りを見てもらうことが大事で大切なことだと思った。指摘されることが上達の一歩だと思う。

常に生徒をやる気にさせるやり方を目指し指導回数を重ねていきました。やがて指導の仕方にも自信が付き、中上級クラスも受け持つようになった。指導の仕方もその人に合うやり方を工夫し教えることで、お客様との信頼関係も深まりインストラクターとして指名されるまでの存在となった。

人に教えるということは、その人の「やる気を損なわないように」、その人の「レベルに合った技術（滑り方）を取り入れ」、それが「できた時にはその人と一緒に喜び」、その人が「自信を持ち満足していただく」ことがインストラクターとしての役割責任だと実感した。

私はこのインストラクターをやってみて、人の気持ちが今まで以上に分かるようになり、仕事（経営）にも活かせる技術を学んだような気がした。これを機に今後の自分自身をもっと成長させるために、公認インストラクターの資格にチャレンジする運びとなった。

この年の春、ＪＳＢＡ（日本スノーボード協会）Ｂ級インストラクターの学科試験を受験し、合格したのち長野県のアサマ２０００パークで実技試験となった。実技種目は1級の４種目に加えショートターン抱え込み、エアー（ジャンプ）、制限滑走（タイム滑走）の計7種目の実技試験と面接試験が実施される。２日間の長丁場である。

Ｂ級インストラクターの合格点は1種目（制限滑走）を除き、６種目合計４８０点以上で、ちょっと分かりづらいが、7種目のうち5種目を獲得しないと合格できないという狭き門である。初のＢ級インストラクター検定は、制限滑走のみクリアーで6種目すべて79点だった。合計４７４点と厳しい結果となった。

この日の合格者は約１３０人中、10名だった。このＢ級検定を受験する人たちの技術レベルと私とでは差がありすぎることに失望した。でも自分にとっては良い経験となった。そして翌年のＢ級検定は受けなかったが、所属学校のインストラクターの仕事だけは続けた。翌々年、私の教え子（生徒）が1級に合格し、Ｂ級を受験することとなった。

私は既にＢ級の受験を諦めたが、私が体験したＢ級検定の学科と実技について、教え子にできる限りその要領を教えた。その教え子はもう一度Ｂ級にチャレンジしましょうと私を誘ってきた。歳を考えると迷うところだが、教え子の付き添いならと思い、一緒にもう一度受けることにした。

そして、この年のシーズンに教え子と検定場所を転々と周り、4回もチャレンジ（受験）した。滑走技術に白黒つけることなく、いずれも教え子と同じく合格点には至らなかった。その教え子は今後について受験しないと言っていた。何でこんなに一生懸命になるのか自分自身分からない。インストラクターとは、そんなに魅力的なものなのかもはっきりしない。もし合格したらどうしたいのかもはっきりしない。こんなことを考えながらこのシーズンは終わった。

そして翌年、ＪＳＢＡ（日本スノーボード協会）規定にC級インストラクター資格が追加されることになった。今までは1級に合格すればB級インストラクターを受験することができたが、このC級インストラクターが追加されたことにより、C級資格がないとB級インストラクターの受験ができなくなった。

C級インストラクターは学科、実技試験はなく、2日間の講習（教養、指導法、事故対応救急法など）を受けることによって資格を得ることができる。また、このC級がないと、これまでのように所属学校のインストラクターはできなくなる。

私は迷わずC級インストラクターの講習を受けることにした。この講習を受けた後、未練がましく、もう一度B級インストラクターを学科から受けなおすことにした。そして6回目のB級インストラクター実技試験となった。場所は長野県の「さのさかスキー場」だった。

この年から制限滑走種目がなくなり、また、ロングターンドリフトからミドルターンドリフトに変更され6種目の実技となった。私はこれまでB級を5回も受け検定慣れしていた。1日目の種目、ロングターン、ミドルターンドリフト、抱え込みショートターンと自分では満足の行く滑りができた。その後、面接試験も順調に終えた。

2日目の実技種目に入り、立ち上がりショートターンが上手くいかなかったが、総合滑走（フリーラン）は自分としては上出来だった。残りの1種目、エアーも上手く飛ぶことができ全種目が終了した。いよいよ合否の発表である。B級の受験者数はいつもと同じように130名ぐらいである。いつものごとく今回のB級の合格者は何人だろうと予測する。一割と見て10人から15人ぐらいが合格ラインだ。

主催する検定員からB級の合格者は13人と発表された。順々にビブナンバー（ゼッケン番号）と名前が呼ばれる中、私は合格した人に拍手を送っていた。11人目の方が呼ばれ、12人目に私の着けたビブナンバーの66と私の名前が呼ばれたが、まさかと思い壇上に行くことができませんでした。そしてもう一度呼ばれて合格したことを実感した。最後の13人目の方と一緒に壇上に立つこととなり記念すべき日となった。

一旦は諦め、再びチャレンジし、そして諦めた。身体は諦めても心だけは諦めなかった。

2002（平成14）年1月、五十歳。6回目にして悲願のB級インストラクター最年長の合格となった。

飲食店共同経営

スノーボードの話はこのぐらいにして、仕事の話に戻る。私の会社、シーイーエスは人も育ち経営を任せても安心できるようになった。ある日、いつも親しくお世話になっているビル(事務所)のオーナーから突然の相談を受けた。このオーナーは建材会社を経営する社長「A氏」である。その相談とは長男のことであった。会社の跡継ぎではなく、異業種を勉強させたいとのことで、私にどんな商売が良さそうか相談を持ち掛けられた。

このような大事な話を相談されても困りますと返したら、A氏が私に「あなたは常に新たな事をやろうと考えているように思える」と話し出した。そこで何かやるとしたら、どんな事業(業種)をやりたいかと質問された。もし、できることなら私(A氏)とあなたで共同事業をしたいとのことであった。

そこで思いついたことは飲食業と回答した。そのA氏から飲食業と言ってもいろいろあるが何をやったら良いのと聞かれ、パスタハウスはいかがでしょうと打診した。するとそのA氏に何故パスタハウスが良いのかと問いかけられた。うどん、そば、お好み焼き、パスタなどは粉もの商売と言われる。やり方次第では利益率の高い(儲かる)商売だと思われる。それに水商売と言われる酒類を扱えば、さらに儲かると返答した。

私の言葉にA氏は、「面白い、是非ともパスタハウスを一緒にやろう」と言った。だが、共同で事業をやるにしても自分の会社のこともある。どうしたものかと考え、A氏に片手間でもよければ協力させていただきますと返答した。

A氏は私に事業は共同経営だが、「人、モノ、金」の心配は要らない、利益が出たら折半でどうだと尋ねられた。赤字になったとしても責任は問わないとのことだった。私は飲食店に元々興味があったので、この話に乗ることとした。

そのA氏の長男は、これまで医者を目指し勉強してきたが、難関を乗り切ることができず断念したらしい。本来なら建材会社の跡継ぎは長男と決めていたが、このような事情で次男に決まっていた。親としての責任なのか、社会人として出遅れた長男のために会社をつくり、経営の勉強をさせたいとA氏は思ったのであろう。

飲食店は高校時代から喫茶店でアルバイトをして運営の仕方を学んだ経験がある。また、客商売について大事なことは場所（立地）である。立地は人、車などの通行量とその流れによって「いかにその店に入りやすいか」がポイントになります。角地であれば信号機があること、沿道であれば分離帯がないこと、人の集まりやすい店舗が集中している場所などを自分の目で確かめて探します。このようなことはホンダ時代にとことん学びました。立地が悪いと商売は成り立ちません。

こうして出店場所、料理人（長男含む）、ホールスタッフの募集と採用面接など着々と進んでいった。店舗の内外装、ホールレイアウト、運営の仕方なども私が担当した。

1998(平成10)年、四十六歳。パスタハウスの店名を「パスタリア」として、オープンさせる。

オープン当日は平日にもかかわらず大勢のお客様で賑わいました。その日の売り上げは8万円以上と順調な出だしとなりました。土日になると日当たり最高額20万以上を売り上げたこともあった。私は土日だけをホールスタッフとしてお手伝いし、パートさんの指導に当たりました。

この他パートさんの出勤ローテーションの管理、売り上げ商品の区分など集計業務をやりながらその要領を長男(息子)に教えることが役目だった。

店の売り上げは落ちることなく半年が過ぎました。息子さんも店の運営にも慣れ、自信がついたのか自分のやり方を主張するようになりました。当初、店の運営方針は「庶民的な店づくり」からフランチャイズ展開することを目標としていたが、息子の強い希望で「高級志向の店」へと変えたいとA氏(父親)に要求したそうだ。

本来なら私の目的はフランチャイズを進めることだった。だが、A氏は息子の考えを聞き入れた。そして私に申し訳なさそうに、今後の店運営に関しては本人(息子)に任せたいとの申し出があった。

そしてA氏と私はこの事業から手を引くこととなった。親として息子の考えを受け入れることは分かるが、A氏との共同経営については、都合のいい話だと思った。

パスタハウスの準備から始まり約一年と短期間であったが、自分にとっていろいろ勉強になった。その後、息子が経営するパスタハウス事業はどうなったか知る由もなく、この一件で気持ちを入れ替えるため、会社（事務所）を移転することにした。そして本業に戻り、お客様への訪問活動に専念することにした。

世界の政治経済に興味を惹かれる

親しくさせていただいている外車ディーラーの副社長F氏から、こんな話をいただきました。「世界の政治経済に興味があるか」と尋ねられた。いきなりだったので、日本の政治経済には多少興味はあるが、世界となると想像したこともないし、深く考えたこともないと答えました。

F氏が何が言いたいのか理解できず、私は「どういうことですか」と尋ねた。そのF氏の発した言葉は「国内のことも大事だが」、「世界のことはもっと大事だ」だった。商売をする以上、世の中の原理原則は最低限知っておくことは常識だが、一方、世界の政治経済は操作されながら回っている。

大げさに思えるかもしれないが、このようなことを頭において会社経営をしていかないと、「先を見通すことができない」からである。「世界が変わる」と「日本も変わる」そして「自分の会社も変わる」。その時、打つ手がないとすれば会社は崩壊する。

面白そうな話だが、裏返せば恐ろしい話に聞こえる。F氏から話を聞くうちに興味を覚えるようになった。経営のやり方も時代によって変わり、良いときもあれば悪いときもある。歴史上の過去から現在までの出来事を知り、そして事実に基づき、未来を読み取るということが会社経営には重要なのである。

今現在であればデータ分析して方向性を決めて行動するのは当たり前のことであるが、大きく違うところは世界史、日本史はどのように変わっていったのかを理解することである。このF氏は、このような勉強をされている。「ある先生の講演テープ」を私に聞いてみればと差し出された。

そして、そのテープを聞くうちに、「未来がどう変わっていくか」、それによって、これまでのやり方「経営方針」をどのように変えていかなければならないのか、洗脳されたように考えるようになった。思い出せば、十五、六のころの「社長になって大金持ちになりたい」との願望が現実（大金持ちは除く）となり、会社を設立することができた。

会社は、これまで困難もあったが、結果的に自分の思い通りに経営をすることができた。ただ、従業員には申し訳ないが会社の将来性については、あまり気にしたことはなかった。このF氏の話から自社の将来性を意識するようになり、日本の政治経済、世界の政治経済に興味を持つようになった。

そして、F氏に講演テープの第二弾、三弾を要求するようになった。その講演テープを何度も聞き返し、将来の会社と自分の在り方（存在価値）について考え方が変わっていく。

ホンダベルノ同系列ホンダプリモ店の立て直しを頼まれる

以前の会社、ホンダベルノの社長から再三にわたり同系列ホンダプリモ店の立て直し願いの話を断り続けてきたが、その社長の困り果てた頼みに根負けし、一年を約束に引き受けることにした。引き受ける条件としてベルノから店長クラス1名の出向を打診した。

このプリモ店は三拠点あったが、経営難により一拠点をホンダの直営法人に売却した。そして現場に入り、財務状況をそのプリモ店の社長に確認した。立て直しを引き受ける際にベルノの社長から「このぐらいの金はある」と聞いていたが、実際にはベルノの社長から聞かされた金はなかった。

このプリモ店は本田技研への支払いも滞っていた。また、ここの従業員から社長は見放され信用を失っていた。ましてやお客様からの預かり消費税までも遅延している。まさに潰れる寸前の状態である。依頼者のホンダベルノの社長から聞いていた話とは全く違う。そして、「この話は無かったことにしたい」とベルノの社長に言いたかった。

どんな内容であろうが引き受けた以上やるしかない。一緒に立て直しするため、ホンダベルノから来た店長にやるだけのことはやろうと言い聞かせた。この店長をこのプリモの副社長に任命し、私は専務とした。また、ここの社長は事情が事情だけに、このまま代表者として、私の管理下に置いて働いてもらうこととした。

当然のことであるが債務超過では銀行の借り入れはできない。既に本田技研には当社プリモ店に掛け売りできない措置を取られ、出荷止め状態であった。新車を受注しても現金を本田技研に支払わないと新車の出荷はしてくれない。親会社であるホンダベルノも金に余裕がない。どこかで金をつくらないと、この会社（プリモ店）は終わってしまう。

金策として私の経営する会社から金を借りる手段を取った。さらに金をつくる手段として「キャッシュバック」販売を思いつき、即実施することになった。考え方は新車販売に際し、現金50万円を単位として1万円をお客様にキャッシュバックとするやり方である。最大200万円を上限として、200万円であれば4万円をご成約いただいたお客様にキャッシュバックすることとなる。

つまりお客様から車両代金を先取りする方法である。来店されたお客様全員に「キャッシュバックキャンペーン」の説明をして徹底的にアピールする。そして「新車を検討」されているお客様は、これはチャンスとばかり成約につながり、そうでない「無関心」なお客様もキャッシュバックが話題となり新車購入の検討につながった。

結果的に「購入検討もせず来店されたお客様」、「検討はしているが時期尚早のお客様」、「車検を受けようか迷っているお客様」などに対し、キャッシュバック企画により受注台数と現金先取りの相乗効果（一石二鳥）となった。

キャッシュバックした分の利益は減るが、販売台数が増すごと採算は取れた。また、当時ホンダベルノの残価設定クレジットをこのプリモ店に新たに導入し、サイクロン（旋風を巻き起こす）と名付け、代金回収の手段として復活させた。プリモ店の経営は徐々であるが回復に向かっていった。この年、県プリモ店の販売台数コンテストで2位の成績となった。

この成績により、ジャスコ（現イオン）グループ自動車事業部のホンダプリモ店参画が本格的になり、ジャスコから当社プリモ店（会社）に融資を受けることとなった。そして私の管理下にあった社長は退任し、私は本業に戻ることとなった。また、副社長はジャスコからの要望もありホンダベルノに戻らず、この会社の副社長として留まることとなった。

このような体験（経験）をし、私自身にとって波瀾万丈の一年であった。そして本田技研と県プリモ会の方々に倒産寸前のプリモ店を立て直した（業績回復）という噂が広がり、本業（システム販売）とは別に経営コンサルの依頼が来るようになった。コンサルすることで相乗効果をもたらし本業のシステム販売に良い結果をもたらすこととなった。

コンサルタント業

2000（平成12）年、四十八歳で10年間務めた代表を後継者に譲り、相談役となった。そ

して、経営総合研究所「ベンチャートラスト」と称してコンサルタント業を立ち上げる。

ベンチャートラストとは、「信用信頼いただける新しい企業をつくる」の意味合いである。私事であるが、これまでビジネスで「一万以上の人と面接」をした。この面接経験によって人を見抜くというか、人の心が分かるようになった。それによって「押すか引くか」の決断（打つ手）が早くなった。「経営とは決断であり」、「決断することである」。それが経営者としての意思決定である。コンサルティングはこの言葉から始める。

とのことで、これまでお世話になった全国のカーディーラーの方々へコンサル事業の案内について、あいさつ回りをする運びとなった。そしてあいさつ回りをする中、どこで知ったのか神奈川県の某広告会社の社長「N氏」が、このことを聞きつけ私に連絡が入った。その用件とはコンサルではなく、当社の経営陣として協力してくれないかという話であった。そして話を聞くためN氏と会うこととなった。

N氏の話とは、私を経営に携わるその組織の一員（所属）として迎えたいとのことであった。私は人にお願いされたり頼まれたりすると嫌と言えない性格だが、この話には応じることができないと返答した。N氏に「私の目的はコンサルで成果を上げることである」と意見したが、それでも何度も頭を下げられ断ることができなかった。

私はどうしようもなくそのN氏に意見した。「一員としてではなく」、「あくまでもコンサルとしてなら」協力してもいいとサインを出した。この要望に考えを改めたのか、N氏は私の意見を聞き入れコンサルとしての協力ということで了承をいただくこととなった。この話は私にとってありがたいことだが、これまでして私を必要とするN氏の本心が分からなかった。

N氏の話も終え、引き続きコンサル事業の案内とあいさつ回りをした。これまで特にお世話になった本田技研直営の販社ホンダクリオの社長「K氏」に会い、自身のコンサル事業の話を聞いていただいた。また、某広告会社からコンサルを頼まれ引き受けたこともK氏に話した。ところがK氏は某広告会社のことをよくご存じで、この会社の評判について話をしだした。それは某広告会社の仕事のやり方であった。

某広告会社のプレゼン（企画提案）は「言っていること」と、「やっていること」が大きく異なる。すなわち「約束した仕事に信頼が置けない」とのことである。他にも良くない噂を多々聞かされ唖然としたが、聞き流すしかなかった。

この某広告会社の話はここまでとして、K氏から相談を受けることとなった。K氏は今年で定年を迎える。定年後はホンダで培った経験を活かし、社会的意義のある仕事（事業）をやりたいとの相談であった。そこで事業を立ち上げるに際し、協力してほしいとのことである。既にこれまでK氏と深くお付き合いのある広告会社と一緒に事業を始める話になっているとのことだった。

そしてK氏から某広告会社とのコンサルを本当に引き受けるのかどうか問われた。私は某広告会社の話（批評）が事実であるのであれば自身にとってやりがいあると呆気なくK氏に返答してしまった。「私は頑固なのかも知れない」。それでもK氏には「あなたの力を是非とも貸してほしい」と、お願いされた。

私は考える間もなくドンドンとK氏のペースにはまっていく。最終的には某広告会社のコンサルを「解消できないだろうか！」、「できれば断ってほしい」とまで話が迫った。これからやる事業を成功させるためにも、あなたが是非とも必要だと再度お願いされたが、K氏に「いくらお世話になった方の頼みであっても」、某広告会社との約束したコンサルは断れないと返答するしかなかった。

それから数日後、某広告会社へコンサル内容の打ち合わせをするためN氏に会うこととなった。ここで本題に入る前にN氏と私とのつながりについて話をします。以前、私がホンダベルノの新人店長のころ、ベルノ店の運営（基礎基本）を親切にご指導いただき、本田技研直営店（ホンダベルノ店）の取締役店長を務められた、「U氏」という方がいました。

「U氏」は、販売についても素晴らしい功績を残され、各地の赤字販社へ「やり手な経営者（社長）」として出向されました。

そして実績がモノを言い、次々と赤字販社を立て直した実力者であります。これらの仕事ぶりが評価され、本田技研の法人部部長に昇進されました。この「U氏」は私の恩師であり、また某広告会社N氏と親しい関係にあったことが、今回のきっかけとなった。

話を本題に戻します。N氏にコンサルについて伺ったところ、内容は事業展開の話だった。

その内容を詳しく尋ねると、人（営業）を育てるのではなく、これからの事業展開を合理的に（都合よく）進めるために、即戦力となる営業が欲しいとの話である。要はコンサル（人材育成）の話ではなく、その場ですぐに対応できる人材探しの相談であった。

要はヘッドハンティングの話である。意識の食い違いもあるものの、この相談には応じることができないと判断した。そして、N氏に「コンサルなら引き受けても、御社の求める人材（即戦力となる営業）を引き受けるつもりはない」と、きっぱりお断りしました。あの時、K氏に某広告会社の批評を聞かされて気分を害したが、結局は聞かされたような話となった。やっぱり私はお人好しなのかもしれない。

こうした某広告会社とのやり取り「結末」をK氏に報告しました。これでコンサルの話は決裂したことを伝えた。この話に勘違いされたのかK氏は、「これで我々と事業を一緒にできるよね！」と話し出した。私を頼りにしていただけるのは喜ばしいことだが、受け入れることはできなかった。

このK氏と一緒に事業をされる広告会社社長「M氏」は私もよく存じ上げている方だ。以前、私がホンダベルノ在職中よく行商に来て、私ともよく話をさせていただいた親しみある方である。その後、私はホンダベルノを離れ（退社）、会社（システム開発）を立ち上げた。それからは営業の出先（ホンダ販社）で顔を合わせ挨拶する程度であった。当時はお互いに仕事も忙しく、ゆっくり話をする機会もなかった。

決してこの人たちとご一緒（事業参画）することを拒むわけではないが、コンサル業も思い通りにならず、また、自分の会社（システム開発）の行く末もある。こんな状況で仕事の範囲を広げるわけにもいかない。そしてK氏とお会いするたびに事業立ち上げの協力を求められる。どうしたら良いのかと考えるが見通すことができない。

とうとう私はK氏に根負けしてしまったようだ。これも何かの巡り合わせ（ご縁）だと思い、K氏の事業に関わることとなった。

そしてK氏は一緒にやる広告会社の経営実態について話をしだした。第一声に、この会社は「人の入れ替わりが激しく」人が育ってこない。これから一緒に事業をやる以上、「人が定着しないと困る」。何とかしたい。M氏を助けてやってほしいと頼まれた。事業を立ち上げるにしても、「人が長続きしなければ」事業は上手くいくはずがない。まずは「人を定着させる」ことが先決課題とのことであった。このK氏の言葉は、私にとって「まさに一石二鳥」の話だった。

今後の事業展開についてK氏から打ち合わせしたいとの話があり、場を設けて三者（三人）で会うことになった。その席の冒頭に広告会社M氏から私にコンサルをお願いしたいとの依頼があった。K氏に言わされたのか、「うちの会社は人の入れ替わりが激しく」人が思うように育たない、「一年も経たず辞めてしまう」。これから事業を広めるためにも人が辞めないように「人を育てたい」とのことだった。

この広告会社のM氏は人が何故辞めてしまうのか、事情が分かっていないようだ。まるで他人事のように話す。一般的に定着率の悪い企業は成長しない。何故かというと「組織的に確立されていない」、「規律・統制が不明確」、「職場環境が悪い」、「労働時間が長い」、「指示が二転三転する」、「将来の仕事・収入・健康に不安を感じる」等のためだが原因は他にもたくさんある。

中小企業でも経験の浅い経営者（未熟）ほど体裁をかまう（格好をつける）。外見さえ良ければ（大きく見せることができれば）商売ができると思っている。会社がちょっと儲かりだすと自己中心的（ワンマン）になり、「従業員に圧力をかけ」、「会社を私物化し」、「会社の利益は自分の手柄」と思い込むのである。商売で儲かりさえすれば、何をやろうが「思うがままにできる」と勘違いしている。

また、ワンマン社長の特徴は「人の意見を聞かない」、「自分の都合に合わせる」、「責任を人に押し付ける」、「周りが見えていない」というよりは「空気が読めない」いわゆる裸の王様である。このような経営が続けば混乱を招き、人は仕事に耐えられなくなり、次第に辞めていくだろう。また、人の教育や管理について「会社はできないのか」それとも「会社はやらないのか」。会社の事情もあるだろう。中には外部に丸投げする会社もある。このような会社はいつまで経っても発展（進歩）しない。

だが、この広告会社は外部（アウトソーシング）に任せた方が合理的だと考えている。基礎もなく組織もあやふやな会社が、合理的な経営などできるはずがない。このままでは前文で述べたように、いつまで経っても会社の成長（拡大）はない。

もう一つ、人の定着率が悪い企業とは、「人が育たない」というよりは、「人を育てようとしていない」ということである。この頃（１９９８年〜）は社会全体が就職難に陥り、正社員の採用ではなく非正規（契約社員・パート・派遣など）の採用が増えた。この時期はどんなに人が辞めようが、求人さえすれば人はいくらでも集まってくる。多少賃金が低くとも採用は容易にできる時代だった。

この広告会社もこのような路線を辿っている。この会社の定着率が悪いのは、決して人を粗末（意地悪）に扱っているからではない。ただ、人の扱いを知らないだけだ。これらの問題を解決するには、従業員の「働きやすい環境をつくる」ことが重要課題と考える。

この会社の従業員のためにも「何とかしてやろう」と気持ちは高揚するが、前件（某広告会社）のこともあり、軽々しくコンサルを引き受けるわけにもいかない。引き受けるにしても単なる助言や指導だけでは成果をもたらすことはできない。

ましてこの課題は時間が掛かりそうだ。もし引き受けたとしたら、この会社に拘束され他の仕事はできなくなり自由も奪われる。即答することはできず一旦考えさせてもらうことにした。

私は何故コンサル業をやることになったのか、今一度思い浮かべることにした。いざ考えてみても「しっかりとした根拠はなく」漠然とした動機しかなかった。これまで私はコンサル業に関して甘く考えていたかもしれない。こんな曖昧な気持ちで仕事を受けたとしても成果を出せず迷惑をかけるかもしれないと不安になった。コンサル業を成功させるためにも、しっかりとした（お役に立てるような）信念を持たなければならない。

思い出せば、これまであれこれと苦難を乗り越えてきた。その経験を活かし、自分にとってやるべき本来の目的は「経営上の難題に挑戦する」ことであって、「何事も期待通りに実現させる」ことを目標とした。そして進むべき方向は相手を理解させ、納得させることであり、それが使命だと気持ちを新たにした。

考えた末、M氏とは正式なコンサル契約ではなく、仕事の出来栄えを判断してもらうため仮契約として引き受けることとした。まずはこの会社の実態を知るため、業務の流れを観させていただくことにした。そして訪問の際、従業員がどんな態度を示すのか確認するため、初対面の挨拶から観させてもらうことにした。

すると意外にも対応がしっかりできている。業務（仕事・作業）も手際よくやっているように観える。また、会社からの指示は必ずメモを取り復唱して業務にあたっていることがうかがえる。会議の質疑応答もしっかりできている。これらを観る限り基礎的な教育と管理は行き届いているように思えた。

この会社のどこに要因があり人の入れ替わりがあるのか現時点では解らなかった。次に会社のルールについて就業規則、給与体系、勤怠管理、その他、決められた事項など確認させてもらうことにした。これらの規定規則を確認したうえ、従業員との面談をさせてもらうことにした。

そして面談での質問については、従業員一人ひとりありのまま（正直）にお答えいただくよう念を押し、次のように質問していった。「会社の雰囲気」、「協力性」、「役割分担」、「仕事量と残業」、「上司と他部署」について聴き取りをさせていただきました。

そして質問に対して従業員の回答をまとめることにした。結果的に「雰囲気、協力性、役割分担」についてさほど問題はなかったが、「仕事量と残業」、「上司と他部署」については、問題をもたらす（引き起こす）要因となっていた。

この「仕事量と残業」と「上司と他部署」のどこに問題があるのか追及していくと、営業の「仕方」に原因があることが分かった。余談だが、仕方とは「方法とか手段」のことを言うが、「しかたがない」とは「打つ手がない」、「そうするしかない」、「やむを得ず」という意味である。

従って営業の指示が二転三転（空回り）すると「無駄な時間」・「無駄な労力」・「無駄な経費」を使うことになる。この面談で人の入れ替わりの原因が少しずつ分かってきた。

営業は出張（遠方）が多く、営業と現場（内勤者）との確認作業が「口頭のやり取り」になるため時間がとられる。また、営業からの「指示待ちが多い」ため、待機時間が増え作業がはかどらない。

結果的に現場はやむを得ず残業となる。但し、当時この会社は、月20時間を超える残業は認めておらず、サービス残業となっていた。また、有給休暇についても、病欠以外は取りづらい環境（会社の姿勢）であった。

この会社の組織は「営業・制作・デザイン」の直接要員と「業務・経理」などの間接要員で構成されている。その中でも営業は強い権限を持っている。会社の方針が「お客様第一主義」を掲げているため、営業は現場（内勤者）の作業工程など考えずにお客様の無理難題を聞き入れてしまう。売り上げのためなら何でも引き受ける言わば「御用聞きスタイル」である。現場の制作やデザイナーは営業に意見も言えず服従するしかないのである。業務や経理も同じ扱いだ。

営業から仕事を丸投げされ、遅くまで残業させられる現場は嫌気もさすだろう。また、営業にはノルマ（粗利計画）が与えられ、その目標を達成するとインセンティブ（奨励金）が支給される。営業にノルマはつきものだが、営業がいくら注文を貰ったとしても現場（内勤者）の協力があってこそ、売り上げとして成り立つことを営業たちは理解しなければならない。

この会社が、このまま営業ありき（本位）で行けば、この会社はこれ以上に発展向上することはない。たとえ、人をどれだけ採用したとしても人は定着せず（育たず）、人の入れ替わりは永遠の課題だろう。

次に、この会社の経営状況を確認させていただくため、決算書を見させていただくことにした。中身を確認したところ、どの年度も売上高に対して粗利益は大きいものの、営業利益は少ない。販売管理費（経費）の人件費はともかくとして、広告費（ほぼ求人）、出張旅費、会議費、交際費について課題が残る。広告業という商売は、こんなに経費（お金）を使わなければ商売ができないものかと感じた。

この会社の経営状況（実態）は良いとは言えないが、売り上げから見れば評価は低い。経営方針も煩わしく（うんざりするほど）分かりにくい。これらの見直しを図るとして現状の組織体制、部門に権限を与え、管理者を置き、適正なルールを策定する。

業務（仕事・作業）がスムーズに流れる仕組みをつくりたいが容易ではない。これらの問題を解決（改善）するにしても、現状ではどこから手を付けたら良いものか悩むところだ。現場を眺めながら一つずつ片付けるしかない。

そして、これらの現状をまとめ社長「M氏」に報告することにした。一方、M氏の主張（考え）は、「教育も管理も大事だと思うが、今やらなきゃいけないことは営業展開である。会社にとっての最優先課題だ。今すぐにでも営業所を出店しないと同業他社に営業エリアを奪われてしまう」とのことであった。M氏の主張は最初の依頼と随分ズレた話となった。

さらにM氏の話は、営業所の出店準備として責任者を早急に決めたいとのことである。話はどんどんズレていき、挙げ句の果て、その責任者の指導を兼ねて営業活動をお願いしたいとのことである。このM氏は経営（組織）というより営業（自己完結）のことしか考えていないようだ。

しかも、全国のお客様（ホンダディーラー）を自社で支配したいと強い願望を抱いている。経営理念とかビジョン（展望）とか、会社の方向性について力説するが、本来やらなきゃいけない現状の課題があるはずだ。このM氏は会社の現状をどれだけ把握しているのだろうか？もし、把握していないとしたら経営者としての資質（能力）に欠ける。

そこでM氏に問いかけた。「会社の現状をどれだけ把握していますか？」と尋ねたら「会社のことは全てを把握している」との返答だった。……私はこれ以上このM氏と話をしても無駄だと思った。

今度は白黒はっきりさせるため分かりやすい質問をしてみた。「このまま商店で終わりたいですか、それとも将来性ある会社にしたいですか！」と問いかけた。あまりにもバカバカしい質問にどう思ったのか、M氏は無言だった。……では、私から答えさせていただきます。「このまま商店でよいのなら」私はこの会社ではお役に立ちません。お互いのメリットもありません。つきましては今回のお話は無かったことにしましょうと、終止符を打った。私の言葉に驚いたのか、M氏は「商店でいいわけない！」、「将来性ある会社にしたい！」と本心から出た言葉を口にした。

以前にお断りをした某広告会社も、この会社と体質がよく似ている。いわゆる組織形態（部署の権限と責任）が成り立っていない。簡単に言うと会社の仕組みができていないということだ。この会社も形格好だけで、表向き体裁よくしているに過ぎない。これら広告業界（小規模企業）の社長は見栄だけで商売ができると大きな勘違いをしている。

こんな状況で将来ある会社にしたいならば、「私のやり方を信じて任せるしかない」と言い切った。言ってしまったことは取り消せないが、腹を決めコンサルを約束することになった。本来なら一社だけでなく、多くの企業とコンサルを結ぶことが目標だった。しかしコンサルをやる以上、責任もって事に当たることとした。

まずはこの会社の就業規則（ルール）の正当性である。この会社の就業規則は、ごく一般的（形式的）なものとして作られているが、規則書で「言っていること」と「やらせていること」に随分なギャップがあり理にかなっていない。これでは従業員に就業規則を見せられない。今でいうブラック企業である。とりあえず就業規則はこのままにして、社内規定を考案して作成することにした。

社内規定とは就業規則の一部であるが、社内規定については会社の規則として作成することができる。とは言っても従業員が理解できるものでなければならない。現状の業務を維持させながら適宜な社内規定をつくり決め、徐々に定着させていく考え方である。

そして社内のルール化を図るため、規定として「採用・組織・業務分掌・職務権限・職能資格・役職資格・人事考課・昇降給賃金・会議・稟議・車両管理」などを必要と考えた。その他業務マニュアルなど、教育から管理まで行き届く社内ルールをつくることによって、従業員とより一層の信頼関係を図れるように考案することにした。

そしてこの広告会社のM氏と約束をした「商店から会社にする」を機に自分の会社「システム開発会社（シーイーエス）」の相談役を退き、後任の社長に会社を譲渡することにした。

広告会社指導

2003（平成15）年、五十歳。広告会社の顧問として指導することとなった。


この広告会社に携わってから早くも二年という歳月が経った。本来なら一年ぐらいコンサル（指導）をやれば結果（成果）が出せると安易な気持ちでいたが、一筋縄では行かなかった。このM氏の頑固さが邪魔をして現経営陣「担当役員」への指導が甘くなってしまった。顧問として引き受けた以上、この会社のために精いっぱい努力しようと意志を固めた。そして、経営に対して強い意志を持った役員を育て上げることが重要な役割である。

当時、この会社の方針は「お客様第一主義」を掲げており営業は利益（粗利）のためなら、どんなに無理難題でも引き受けてしまう体制だった。その無理難題を現場の制作・デザイン（従業員）のことも考えず押し付けることを仕事としていた。「お客様が第一」だから「期日までに仕上げてください」と、営業から言われると現場は反論もできず受けざるを得なかった。

営業はすべてお客様に合わせる御用聞きである。この「お客様第一主義」とは、お客様に対してはイメージが良いかもしれないが、現場（従業員）にしてみれば堪《たま》ったものではない（納得できない）。この会社の営業体制がこのまま続くとしたら、現場の人たちは長続きしないだろう。そして全従業員（営業含め）にとって「働きやすい環境と安定した会社」にするため、解決に向け改め（考え）直すこととなった。

これまで私の考える業務改善については会社側の抵抗もあるが、緊急課題としては従業員の理解と納得を得るための課題、「残業20時間以上の賃金カット」である。現状は20時間どころではない。理由はともかく「残業代を支払わない」ということは、人が辞める原因につながる。残業代について考え方を改めるよう会社を説得した。結果、「残業45時間まで引き上げる」ことに改めた。

次の課題は「日曜・祝祭日の出勤について」である。これも会社側の抵抗があった。そこで日曜、祝祭日を休みとした場合にどのような影響を受けるのか会社に尋ねた。するとM氏から当社は「お客様第一主義」の方針を掲げており、日曜日にしても祝祭日にしても、休みにすると「会社にマイナスの影響を及ぼす」との回答だった。

確かに社長の言葉通り、「お客様とのやり取りに影響が出る」かもしれない。だが、従業員の休日出勤をこのままにして良いのだろうかと、M氏に考えを改めるよう投げかけた。そこで私なりの考えだが、たとえ日曜・祝祭日を休みにしたところで、心配するようなことは起こらないとM氏に言い切った。

もし、そんなに心配なら日曜・祝祭日の業務の「実態調査」を実施して、その状況を見てから判断したらどうかと打診した。そして業務実態調査の期間は3カ月とし、「仕事の緊急度」と「仕事の重要度」ならびに「仕事の質量」について実施することとなり、動向を踏まえて決断してもらうことになった。

そして3カ月間の実態調査期間は終了した。日曜・祝祭日の調査結果をまとめた結果、M氏が心配するようなお客様の要件はなく、ほとんどが社内の業務連絡等であった。この調査結果に基づき、日曜・祝祭日を休日にしても会社にそれほどの影響を及ぼすことはないという結論となった。

この会社のM氏の考え方は「良くも悪くも思い込みが強くかなりの頑固」である。このため今後は業務体制（組織）に対して、考え方を改めないと仕組みづくりは難しい。この会社を改革するには「理解と納得」に手間暇が掛かりそうだ。業務の実態一つひとつを把握しながら、上手く仕事が進むプロセス（手順）を創り上げなくてはならない。

そして社内規定をつくるにしても組織体制として部門の目的と目標を把握し、実務がスムーズに流れるための仕組みづくりと、従業員をやる気に結び付ける仕掛けが必要である。このような組織改革をやるためには、社長はじめ役員の合意（賛成）が必要となる。この会社の役員は「社長、本部長、事業部長2名、非常勤監査役」で構成されており、監査役を除き、役員全員が営業である。

この会社は発展途上にある。営利活動に集中するのも致し方ないが、現状の商売（やり方）がこのまま続けば、人（現場の従業員）は留まることなく辞めていく。人が辞めるということは、取引する下請け企業にも不安を感じさせる。不安を感じれば下請け企業も離れていくだろう。いくらお客様から注文をいただいたとしても、営業だけでは商売はできない。こんな状態が続くとしたら経営は困難となる。

余談だが、この会社のスローガン（主義）でもある「お客様第一主義」をいつ掲げたか知らないが、時は1985年ごろ、本田技研（メーカー）はお客様からの情報収集として直接お客様へアンケート（質問用紙）を配布して満足度調査を実施した。全国のホンダディーラー（販売店）を対象にお客様からの満足度を販売店ごとに評価していただく制度である。

この満足度調査により評価の低い項目に対して販売店は改善策を図り、解決しなくてはならない。要は、お客様から信頼（満足）されるメーカーであり、ディーラーであることを明らかにすることが目的である。話は長くなったが、この本田技研の「お客様満足度調査」に因んで、この会社は「お客様第一主義」を掲げたのだろうか？

この会社の「お客様第一主義」は、「お客様を満足させること」を目的とするならば、結構なことだと思うが、本当にお客様第一主義でよいのだろうか？　ここで言いたいことは、「お客様だけではなく」、「従業員も満足させる」、そして商売に協力いただいている「仕入れ先・下請け企業も満足させる」ことを考えた方が理想的であり現実的だということである。

従業員のことを考えれば「将来性ある安定した会社」、給与や勤務などの「労働条件が安心できる会社」、そして「働きやすい環境をつくる安全な会社」であるならば、きっと従業員は会社を信用・信頼するはずだ。

このようなことから会社のやるべきことは従業員のモチベーション（やる気）を上げることである。モチベーションを向上させるには、どうしたら良いのか考えなければならない。これまでのやり方で基準が曖昧なところは改め、会社として従業員を公正に扱い、従業員の地位（待遇）や金（権利）など獲得できる基準を設けて仕組み化すれば、これまで以上に従業員はやる気になるだろう。

昇給にしても賃金テーブルはあるものの、その基準から外れた決め方をしている。賞与を決めるにも何かしら役員に時間を掛けさせ、結局は鶴（トップ）の一声で決まる。これといった根拠もなく強引に決められてしまう。

また、役職登用についても適当である。武田鉄矢さんの作った『あんたが大将』という歌がある。これを替え歌にすると、こんなふうになりました。↓「あんたは課長ー」。「今日から課長ー」。「あんたが課長〜〜」。「とかく課長は責任が重い」、「課長手当は付くもののー」、「残業は毎日続きます〜」、「夜は遅いし帰れないー」、「休日も会社に出ています〜」、「どうぞ頑張ってくださいね〜」……こんな調子になると思います。この歌の通りなので誰もが役職者にはなりたくないのである。

一方、営業職は内勤者（現場）と比べ、処遇・待遇については特別扱い（良い条件）である。これでは現場の従業員と格差が生まれ公正ではない。このような「考え方・やり方」では、現場で働く従業員からは当然、不平や不満が上がる。

このような現状を根本から改めるには、この会社に適切な人事考課（評価）を考え、「評価に応じた処遇・待遇」を従業員が理解し納得できるものにし、「昇給や役職登用」に関連する規定と仕組み（やり方）をつくらなければならない。

職場環境を良くするためにも「従業員の公平性」を第一に考え、不平・不満を取り除き、意味のある規定づくりを進めていくこととなる。そして営業職特有のインセンティブ（奨励金）を廃止し、それに見合う給与（年俸制）に置き換える。こうすることで従業員全体の公平性につながり、共通の目標に協力する意思を持ち、円滑なコミュニケーションが図れるよう従業員（部署）の役割と業務の隔たりを無くすことになる。

また、営業職（個人）が自家用車を購入して業務に使用する場合には「車両買い上げ手当」、及び営業職（個人）の携帯電話を業務に使用する場合には「携帯手当」が付与されていた。会社からすれば手当として支給するだけで済むかもしれないが、営業職（個人）にとって後々を考えれば、大変な出費をもたらすことになる。これらの制度（手当）も廃止し、営業車両も携帯電話も会社で購入して供給することとした。

さて、この会社の処遇・待遇については前文で書いた通り、何事も鶴（トップ）の一声で決めていた。大切なことは従業員の職位と給与の取り扱いである。これらについて従業員の処遇・待遇をどのようにすれば良いのか考えなければならない。

企業には年齢を評価する「年功序列主義」、結果を評価する「成果主義」、過程を評価する「能力主義」などがある。

元々この会社（社長）は能力主義と言っていたが、どちらかといえば営業ありきの成果主義のようだ。数字で評価される営業は良いとしても、現場で働く従業員は評価されていない。これでは能力主義とは言えない。ただ、これらの主義にこだわったところで、あまり意味のないことである。

この会社の将来的成長を考えるならば売り上げ（粗利）だけでなく、会社全体の功績に貢献（協力）した従業員に対して評価する「能力主義」が適当であろうと考えた。それでは評価をどのような方法で行うのかである。私は以前、人事考課（評価）システム（やり方）に取り組んだ経験がある。そのノウハウを活かして、この会社（組織）に順当な評価項目を考え、システム（仕組みづくり）に取り掛かることとした。

人事考課（評価）の目的は「社員の育成と公平な処遇・待遇」を行うために、「従業員個々の態度・能力・業績等」の仕事ぶりを評価するものである。そして評価員を選定して対象者（被評価者）へ「上司・同僚・部下」からの評価を上期と下期の年二回行い、半期ごとに評価（能力の段階）し、その結果を面談で本人に開示する。

そして面談により「従業員のモチベーションを高め」、「活力の向上を図り」、「目標意識を持たせ」、人材育成につなげていくものとする。上期・下期の結果を合わせた総合評価（能力の段階）によって、昇給や役職登用の資格を決めるシステム（仕組み化）である。

また、人事考課（評価）の従業員面談と付随して、業務実態についての意見・要望など改善につながるコミュニケーション「聞く、話す、叶える」を図るために「業務改善意見要望書」を考案することとした。

この意見要望書については、当初この会社の業務における従業員面談を行うための、問いかけ資料として作ったものを活かし、答えやすい項目とした。内容として「部署の雰囲気」、「部署の協力性」、「職務・仕事の役割分担」、「仕事量と残業」、「他部署、上司、同僚、部下」、「会社方針」などに分類した。

この「人事考課（評価）システム」と「業務改善意見要望書」の考え方などについて説明会を開き、役員はじめ従業員の理解と納得が得られたうえで実施することとなった。評価員に選ばれた者には人事考課表（評価表）を本社より直接送付する。業務改善意見要望書は部門長から従業員に配布される。そして指定された期日までに評価表と意見要望書を本人が封印し、それを部門長がまとめて本社へ返送する。そして業務改善意見要望書と人事考課表（評価表）を本社でまとめ集計した後、役員に内容を確認したうえ、評価結果と意見要望について従業員との面談となる。

だが、人事考課（評価）と意見要望には予期せぬ（予想外の）問題が発生した。それは、人事考課（評価）について評価員同士による「お互いの評価（採点）を良くつける」という、いわゆる談合である。また、評価員によっては対象者（被評価者）への「好き嫌いで評価（採点）する」など不適当な評価方法が目立った。

こんな採点の付け方では被評価者に対して不本意な結果となり、人事考課（評価）の意味がなくなってしまう。また、意見要望書については部署の内容について真実を書かないため、会社（役員）へ現場の声（様子）がしっかり伝わってこない。

これらの問題を早急に解決するため、意見要望書と人事考課（評価）の在り方、考え方について再び教育することとなった。

人事考課については、「評価する側もされる側も」評価内容をしっかり理解したうえ、「公正無私」に行うものとして徹底的に教育を行った。そして意見要望書については、それぞれの立場において部署の上司、同僚、他部署、会社に気遣うことなく、ありのままを記述することを徹底させた。

この会社は従業員に対して役割と責任が曖昧（あやふや）であるため組織的ではなく、ただ単に人任せにして仕事、作業などを振っているだけであった。何度も言っているように人は育たない。人を育てることを「やらないのか」、それとも「できないのか」である。現状は外部に委ねる（他人任せの）考え方である。教育にしても管理にしても「アウトソーシング」の考え方である。

このような考え方は合理的かもしれないが、教育によっては他人任せにできないこともある。ある会社のことだが、その社長が良しとして幹部社員に外部研修（教育）を受けさせた。研修で学んだことが発端で、その幹部社員が会社方針（考え方・やり方）に疑問を抱き、理解も納得もいかなくなり、有能な人財を逃がすこととなったという話である。

また、従業員に研修（教育）を受けさせる場合、表題（キャッチコピー）に誘われて受講させるパターンが一般的かもしれない。例えば、管理職研修の表題が「できる部下の育成」だった場合、課長クラスを受講させるだろう。いざ、その人（課長）が研修に入ると、他社の受講者との「知識、技能、人間性」などのレベル差（場違い）に驚かされることもある。

ともかく、「名ばかり管理職（課長）」を研修に行かせたところで、その人が恥をかくばかりか会社も恥ずかしい。本来研修（教育）を受けさせるならば、たとえ肩書が課長であろうともレベルを下げて中堅社員クラスから学ばせた方が妥当だろう。

こんな経営者が実存したら……従業員に向かって「俺は社長だぁー！」という人こそ、会社の実態を知らない。中間管理職クラスから学ぶことが適当だろう。従業員の教育を本当に考えるならば、社長自ら教育の在り方を学んでもらうことが急務である。

話がそれたが、人事考課（評価）については会社（役員）もしっかり理解してもらうため、「着眼点と評価判断」、及び意見要望書の中味から「現状とズレがないかを察知する」ことについて勉強してもらうこととした。

そして半年ごとに人事考課（評価）を行うことによって、期間評価点と項目の長所短所を従業員面談で開示して本人に理解させ納得させる。また、良きアドバイスをすることで本人を成長に導く。意見要望については本人の話に耳を傾け、しっかりコミュニケーションを取ることで信頼が高まり、モチベーションアップにつながった。

この会社（役員）は人を育てることについては他人任せであったが、人事考課（評価）と意見要望による面談を通じて成果が表れた。従業員にとっても役員自身にとっても成長につながるということの意味が、ようやく分かったようだ。

人事考課（評価）による本人の長所（良い点）を「さらに伸ばすためには」、また、短所（悪い点）は「どう直していけば良いのか」について、自らの経験に基づき、役職者を教育するための資料として「役職者教本」を作成することとなった。「役職者教本」の目的は、この会社（部署）で働く役職者をレベルアップすることにある。「部下にしっかり指示・指導ができる」、「部下に認められる」、「会社へ自分の意見や要望をしっかり伝えられる」などを目標とする。要は「人をどう使うか」ではなく、「人をどう動かすか」である。

「役職者教本」の内容は基本をつくるための基礎である。「役職者としての心得」から始まり「目標達成」、「責任と権限」、「方針を示す」、「仕事の割り当て」、「仕事の教え方」、「出来栄えを評価する」、「報告させる」、「上手にほめる・叱る」など、ごく当たり前のことかもしれないが、役職者に求められる「知識、技術、人間性」を高めていくための教材として、活用できるものとして作ることとなる。

そしてこの教本を活かすために役職者の教育研修を実施することとなった。話は遡るが、当時は人事考課（評価）制度もなく役職者登用の試験もなかった。役職者の登用は会社が適当に社長が決めていた。適当とは言っても誰でも良いというわけではないが、社長に気に入られた人（従業員）が役職に登用された。

こんな決め方では社長に気に入られる振る舞いが横行し、組織として統制（まとまり）が取れない。これらを取り除き、組織を上手く動かすことである。それによって組織の長が部下に目標を与え、それに向かってチーム（部門部署）が一丸となって行動できる企業（会社）を目指したい。

「役職者教本」には他の資料も引用して、組織とは「共通の目的、同じ役割を持っている」人の集まりであり、チームとは「共同で仕事を分担して進める」人の集まりであること、そして円滑なコミュニケーションが取れること（情報の共有）やお互いに協力する意思を持つこと（貢献意欲）の重要性などについて解説した。

教本に沿って教育研修を行い、役職者の皆さんにその内容について理解してもらうこととなった。そして部署の役職者としての役割・責任、チームワークと部署内外の協力体制は重要であることを認識してもらった。こうして人事考課（評価）制度に結び付く「人事考課規定」

と「職能資格規定」によって、昇給や賞与を決めるための「昇給・賞与賃金規定」、役職を登用するための「役職資格規定」などの定めが役員、役職者に理解されるようになった。

これまで人事考課（評価）の目的と考え方について何度も述べたが、評価の基準と採点方法（つけ方）については述べていなかった。補足として「評価はどのようにして行うのか」、ここでその要領を説明することにします。

それでは評価採点する基準表から並べて説明します。まず「一般等級適用基準表」は等級ごとに適性年数と一般社員能力適用基準が6段階に分かれています。「役職等級適用基準表」は等級ごとに適性年数と範囲（係長・課長・次長・部長）と役職能力適用基準が9段階に分かれ、それに該当する人（クラス）の能力を基準表と照らし合わせます。

次に、人事考課表は一般職と役職者（係長・課長）と部門長（次長・部長）クラスに分かれています。評価内容は適用（要件）基準が5項目あり、その項目ごとに4カ所の事項（質問欄）があり、採点箇所は20カ所となります。その人の行動（態度）をよく見て、一つひとつ適用基準を判断して評価（S～D）を入れ集計します。そして等級評価基準表に基づき、評価（S～D×係数）の点数を求め、その点数によってS～Dのランクが決まる。このランクによって昇給や役職登用資格（適合者）が決定される。

この人事考課（評価）に付随して役職登用試験の要領を説明します。評価にて資格を得た者は任意で試験を受けることができる（受けたくない者は受けなくてもよい）。試験は筆記と面接が行われる。筆記試験は社内規定から出題され、役職の受験資格によって合格基準が決められている。例えば課長の場合は筆記70点（%）以上でないと合格できない。

また、面接試験では、「役割と協調性」、「能力と信頼性」、「管理能力」、「統率力と指導性」、「役職者としての目標」の5項目について役員（面接担当）に自己主張します。例えば課長の場合は70点（%）以上でないと合格できない。そして次長以上は更に項目が増え、面接担当との質疑応答となります。合格基準値も上がり厳しいものとなる。

役職者となれば、人の採用についての応募受付から面接要領と採否などの「社員採用規定」、組織（部門部署）を効率的に運営するための「組織規定」、部門別の業務内容を定めた「業務分掌規定」、主要職位の職務権限と責任を定めた「職務権限規定」、会議を円滑化するための「会議規定」、迅速な意思決定と手続きを図る「稟議規定」、業務に使用する車両の運行と保守並びに事故防止に関する「業務車両管理規定」など、役職者として規定を認識し、それを順守しなければならない。

こうして社内規定（ルール）も従業員に浸透し、組織的に部署間の信頼関係も良き方向へ動き始めた。従業員の士気も上がり、将来への不安もなくなりつつある。組織も構成され、仕事（作業）もスムーズに運ぶようになった。また、働く人の待遇も見直しを図り、それまでの人が育たず辞めるという問題の解決の糸口となった。

さて、販売管理はどうなっているのだろう。これまでの経理・総務は営業の管轄下にあり、売上処理については営業の指示に従って行ってきた。この会社は粗利主義で売り上げよりも、粗利の方が重要（大事）としている。まさに儲けしか頭のない会社（商店）である。当時、入社された経理担当の方は大企業で長年にわたり経理一本筋だったベテラン（本職）の方である。

この会社への入社は定年退職がきっかけだった。そして経理の仕事に就いてみると、本来の経理（標準会計）のやり方ではない。こんな売上処理のやり方では後々厄介なことになると考え、経理として基本的なやり方を図った。

当時はコンピュータ（販管システム）導入前で経理は手作業で行われていた。そのため売上操作があったとしても、それほど問題ではなかった。しかし、コンピュータ導入となると、話は変わってくる。前文の後々の厄介とは、経理処理の二重作業のことだ。手間は倍以上かかり、それを処理して管理することは大変なことである。

これまでは手作業だったこともあり売り上げの調整もできたが、コンピュータが導入されれば、売上調整は業務に支障をきたす。後々困らないように正しいやり方で売上処理した方が無難である。言うまでもないが、データすべてが信用できなくなる。

手作業であってもコンピュータ処理であっても、これまでの営業事務を基本に戻さない限り正確な数値を求めることはできない。要は、売り上げの発信元である営業指示があやふや（曖昧）であれば、すべてあやふや（いい加減）になってしまう。売り上げや仕入れ金額または商品手配や納入期限など、その基となる指示内容がいい加減では正確には伝わらない。これら基本的なことが解決できなければ前には進めない。

解決するには営業が他人任せにせず、やるべきことは責任もってやるということである。つまり「営業自ら事務作業に協力していただく」ということである。営業から売り上げや仕入れ等の伝票が経理に回っても、営業担当でなければ分からないことがたくさんある。

営業は売って利益を出すのが仕事だが、売りを上げればそれで良しではない。売った後の代金回収にしても仕入れた商品の支払いにしてもミスが起これば信用を失うことになりかねない。そうならないためにも営業の力を借りたいということである。

営業がいくら頑張って粗利の目標を達成しても、営業の事務作業が混乱すれば請求書も出せなくなり、代金の回収が遅れたりする。また、二重の請求によって会社は利益どころか信用を失うこともある。経理の仕事を減らそうとしているわけではない。経理は経理として間違えのない正しい経理をやることが責務である。と、言ったものの会社は聞く耳を持たず、従来（営業本位）のやり方で押し切られてしまった。

従来（営業本位）のやり方とは、月間の営業売り上げを都合よく操作することである。悪気があって操作するというよりは、会社方針なのか粗利計画を月ごとに達成したいという強い意気込みが営業をコントロールしている。粗利達成に対して売り上げを前倒ししたり、または翌月に売り上げを回したりして調整をしている。

粗利達成が危うい月は翌月の売り上げがあれば、「その分を前倒しして」達成させる。前倒しする売り上げがないときは「努力なく簡単にあきらめる」。前倒しをした場合は売りだけを上げるため仕入れは発生しないので、売り上げだけが利益となる。粗利意識が過剰化すると営業の考えることは皆一緒である。このやり方を良い意味に捉えれば、営業にプレッシャーをかけ常に達成感を持たせる秘訣なのかもしれない。

だが、売り上げを前倒しすれば利益は上がるが、翌月の仕入れが増えることになる。その分の売り上げがなければ利益はマイナスとなる。売り上げを翌月に回せば仕入れは在庫となり、支払いを早めることになる。そして売り上げ代金の回収は遅れることとなる。資金の減少につながる。

会社の営業本位に押し切られ経理処理するしかなかった。どうしたら分かってくれるのだろうか。何度も会社に経理の仕事は基本に従って処理するのが当然のことと談判したが、営業上の売り上げ（粗利）に合わせて経理処理を考えてほしいとの一点張りだった。

販管システム（販売管理システム）を使って営業上の処理をすることは、やってやれないことはないが、営業上の売り上げ・仕入れを入力することになり、「売り上げと売掛金」、「仕入れと買掛金」、「商品在庫」など、基本情報（データ）を出力したとしても正確に捉えることは困難である。

せっかくコンピュータ（本機）を導入しても意味がなくなる。営業上を優先するならば本機から切り外し、別管理をした方が良いのではないかと会社に提案したが、これも理解してくれなかった。

会社は身勝手なものでコンピュータなら何でも都合よく操作できると思っているらしい。こんな考え方が何かと業務を混乱させている。結局、経理の意見は通らず、やむを得ず会社に従うこととなる。経理として無理を承知でやらなければならない。

これに伴い従来の売り上げの流れと手順をよく考え、経理が把握できるように様式（やり方）を変更することにした。但し、販管システムは本社（経理）にしか導入されていないため、各営業所（手作業）の売り上げと伝票類は原本を本社経理へ社内便または郵便にて送付してもらい、双方で確認しながら処理をすることとなった。

売り上げは営業所ごとの営業アシスタントに受発注書（新様式）を作成させ、それを仕入れ先に手配（fax）する。その後、受発注書を受け取った仕入れ先は直接（用意でき次第）お客様へ商品発送する。その後、営業所は本社経理へ受発注書の原本を送る。この時、売り上げの操作があれば経理に知らせておかなければならない。

そして仕入れ先からお客様へ商品発送後、仕入れ先より本社経理に請求書が届く。経理は受発注書と仕入れ先の請求金額の照合を行う。問題なければコンピュータ入力となるが、不明点があれば受発注書に基づき、営業アシスタントを通じて担当営業にその旨を問い合わせ（確認）して処理をすることとなる。このような手順で業務を行うことになった。

当初は決められた業務の流れに沿って営業から経理へと順調に作業は進んだ。だが、担当営業が忙しくなると決められたことをやらないため、照合作業を行うと受発注書と請求書の合わないことが多々発生するようになった。「担当営業の間違えなのか」、「アシスタントの間違えなのか」、「経理の間違えなのか」、それとも「仕入れ先の間違えなのか」、何が何だか分からなくパニック状態となってしまった。

経理は不明点や問題が発生すれば、その都度確認して解決（処理）しなければなりません。

原因は営業の伝票操作にあった。営業は目標粗利を達成するために売り上げ（数量）を水増しして受発注書を作成し、仕入れ先に送る。その後、営業が仕入れ先に本来の数量に変更させる。またはお客様に過剰納品した後、返品させるやり方だ。営業に粗利意識を求め過ぎると、新たな操作方法を考えて実行しようとする。こんなことが毎月のように続くのであれば、会社は大変無駄な作業をやらせていることになる。

また、この会社は金に苦労したことがないのか、売掛金の回収が遅れようが、商品在庫（金が寝る）がどれだけ増えようが気にもしない。これでは健全な経営とは言えない。

買い掛け（仕入れ）については額面にもよるが、手形を活用して支払いをしている。これは約束した期限まで支払いを延ばすことができるので資金面について余裕ができる。ただ、古くから取引している会社なら手形を受け取ってくれたが、これから新たに取引しようとする企業は、手形決済を拒否するだろう。本来なら「早い回収、遅い支払い」という経営をしたいところだが、これからは手形取引も徐々になくなっていくだろう。

更に経費（費用）であるが、全体的に無駄遣いが多い。前文でも経費（費用）について述べたが、採用に掛かる求人広告費、会議費、交際費、出張費などが目立つ。出張費については日当が付与されることで「営業の小遣い稼ぎ」とも思われるような出張が往々にしてある。そしてお客様との打ち合わせによる「会議費、接待するための交際費など習慣化」され、当然であるかのように金を使う。これも売り上げや利益を確保するための「飲ませ食わせ」を行うことで楽観的な商売を覚えてしまったということである。

たとえ営業力があったとしても、こんなやり方では営業をダメにする。いずれは「飲ませ食わせ」は通用しなくなる。お客様（販社）は誰のために広告を打ち、誰のために宣伝するのか、よくわかっているはずだ。「お客様はバカではない」。接待による人間関係づくりは大切だと思うが、最終的には仕事の中味（企画力）と、その結果（費用対効果）で判断されるだろう。このような問題を解決するには役員の意識を改革しなければならず、このままではこれからの時代を乗り越えていくことは容易でない。

これらを踏まえて役員の勉強会を始めることとなった。目的は「経営者になる」、「後継者を育てる」、「安定した会社にする」。単純かもしれないが、これらを基礎として学んでもらうことにした。勉強会の進め方は個別に**ヒアリング方式**（質問形式）で指導を行うやり方だ。この**ヒアリング方式**には理由がある。役員を一堂に集めても「人間性」、「経験値」、「将来への展望」など、人の価値観はそれぞれによって違う。経験上、その人にピント（的）を合わせた進め方（集中）が何よりも効果的である（役に立つ）からである。

前文でも述べたが、この会社の役員は「営業マンであり」、粗利本位（考えや行動）の商売を営んでいる。分かりやすく言えば「経営者でなく」、商店の販売担当である。当時のことだが、この会社は営業センス抜群の者なら誰であろうが、簡単に役員にしたそうだ。小さな会社（商店）なら皆そうかもしれない。

役員の勉強会では目的に沿って会社をどのように経営（管理・統制・調整）すれば良いのかを考え、どうすれば上手く経営できるのかを学んでもらい、これまでの古い考え方や習慣から早く抜け出し、行く末の経営を担う立役者（中心的存在）になっていただくことが狙いである。

そのためには現状の経営の在り方を把握したうえ、ルールや物事を明確にするための規制や正しく判断するための基準をつくり上げ、役員（会社）として従業員を混乱させない指示や指導に役に立つ勉強会とすることを趣旨とする。

これからの経営に関して大切なことは、「会社は人で持っている」。経営するということは、その会社で働く人たちや、その家族の生活を考えなければなりません。このことが人に伝わらないと人はうまく動いてくれません。どんなに大きな会社でも、どんなに小さな会社でも「社長一人では成り立ちません」。人がいるからこそ会社は成り立っている。そのためには、やる気の出る働きやすい環境を整えなければなりません。

経営は「時代の流れと変化」を素早く察知し、常に新しい考え方を取り入れなければ、その時代に乗り遅れてしまいます。会社を経営するうえで利益を出すのは当然かもしれないが、利益だけを気にして利益だけを優先する経営者は、すべてを損得勘定で判断している。こんな考えの経営者は働く人（従業員）を不愉快な思いにさせ、働くことにやる気を失わせ、人は次第に離れていきます。

そして経営不振に陥ることになりかねません。だからこそ目先の利益より働く人のモチベーションを上げる方法を考え出し、経営方針を立て直すことができれば、将来への会社経営は安泰につながるでしょう。経営は人なり、会社の成長を支えるのは人である。他人まかせの教育や訓練だけでなく、働く人の立場を実感して学び、それを教育指導に活かせる知識・技術・人間性を身に付けなければなりません。

その人たち（従業員）の能力を活かし、価値あるものにするには机上の空論ではなく、実際の業務に携わり、幾つかの困難を体験し、それを一つずつ解決して乗り越えていかなければならず、このことなくしては自分自身の成長も会社の発展もないと思います。人を大切にする。人を満足させるためには、「従業員もお客様も仕入れ先も」対等に付き合うことが大切であり大事であります。

しかし、この会社の方針は「お客様第一主義」としている。前文でも述べているように会社はお客様が一番大切だと思っている。よってお客様にはペコペコ頭を下げるが、従業員や仕入れ先には横柄な態度をとる姿勢がにじみ出ている。この考え方は相手（従業員や仕入れ先）を自分（身分）より低く扱うことを当然だと思い込んでいるということである。

会社を経営する以上、相手はお客様であろうが仕入れ先であろうが、誰とでもフィフティフィフティ、「対等な精神」を持ちたいものだ。会社を経営する立場をよく理解し、納得した上で行動していただきたいものだ。

そして、この会社に入社してよかった、家族・友人からいい会社に入れてよかったね！と言われる会社、善き人材に恵まれ信頼できると言われる会社、企業から安心して信用できると言われる会社づくりを心掛け努力してもらいたい。

経営者として学ぶことは多々あるが、行く末どんな時代が来ようとも、その逆境を乗り越えるための経営力「うまくいくための施策と管理運営」を身に付けてほしい。更に経営は「時間の有効活用」である。時間をうまく使える人ほど仕事のやり方も効率的で経営手腕（処理能力）に長けていると言われる。

これまでのまとめとなるが、「従業員や現場を見ること」、「コミュニケーション能力の向上と職場の活性化」、「従業員の意思が入った事業計画づくり」、「従業員が誇りを持てる会社づくり」、これらを遂行することによって会社は成長し発展することとなる。

今後も勉強会を続けることとなるが、更に役員にも経理・総務の在り方をよく知ってもらうため、私は経理・総務の業務に携わることにした。これまでに経理・総務から問題提起されている事項（項目）を整理しながら解決していくこととなる。

そして経理・総務の実態を知るべく、業務に関わる部署員の意見要望について懇談会を行うこととなった。当時は経理を担当する（年配者の）男性1名、商品管理と出荷を担当する男性2名、データ入力や書類を保管する女性3名、勤怠管理や諸手続き等を担当する女性1名の総勢7名で構成されている部署である。

この部署も人の入れ替わりは激しくまとまりがない。人が辞めれば、すぐにも人を入れてくださいとの要望がある。というのも各人の作業は定型化されており（定着業務）、その担当が辞めると引き継ぎを拒む。その理由は自分の仕事（作業）が増えるからである。こんな言い方をすれば語弊もあるかもしれないが、マンネリ化した仕事（作業）に慣れてしまったため、他の仕事（作業）には関わりたくない感じだ。

これまで、この部署に管理者（リーダー）として携わった人は誰もいない。この部署は不思議なことに管理者もいないのに、暗黙の了解で日課作業は動いている。会社（役員）の指示がなければ、黙々と日課作業をやっている。こんな部署で良いのだろうか？　利益意識の営業も大事だが、経営に関わる管理はもっと大事だと考える。

これからの経営管理において「販売・労務・財務会計」は重要課題である。この会社は、月ごとの会計処理（月次決算）について、営業報告による粗利計算と月次との差異が数百万あるのは珍しいことではなかった。これら差異については翌月で修正することとなる。

また、労務管理は一部を除き、ほとんどアウトソーシング先で管理している。人の定着率は相変わらず低いが人は増えつつある。そのため入退社による諸手続きについて至らぬ点が多いため二度手間も増える。

この部署を正常な姿にするには相当の時間と労力を要することとなるが、こんなことを思ったところで前には進まない。そしてやるべきことは、この部署を組織化することである。前文でも述べたように部署の作業は役割分担されているが、マンネリ化のため、まとまりがない。そこで部署員の役割と分担作業を合理化するために担当者の正副（適任者）を決めることにした。これに理解と納得が得られる説明を加え、同意のもと正副を決めた。そして部署員の役割意識を高めるため、組織図をつくり活用した。

こうしたやり方で部署員の戸惑いもなくなり作業もスムーズに運ぶようになった。また、部署員が会社を休んだとしても正副を決めているので、その間の作業は滞ることなく進めることができる。これまでは自分の受け持ちは自分でやるしかなかったが、組織化によって人に頼ることもできるようになった。

これにより部署は活性化され、部署全般の作業に協力できる体制となってきた。そして部署は営業の傘下にあったが、これまでの経理・総務の業務を統合させ、経営管理を充実させるための組織として管理部門を立ち上げることとなった。

人に関わる労務管理、営業に関わる売上処理と仕入れ商品や在庫の販売管理、金に関わる財務管理など権限をもって経営管理を目指す。また、営業上に不明点があれば役員でも遠慮なく指摘できる体制をつくり上げ、無駄な作業を取り除くことを徹底化した。

また、労務管理の一環であるが、当初は入社や退職などの諸手続きを直接本人（従業員）からアウトソーシング先へ問い合わせまたは依頼させていたが、このような行為は会社の常識に欠けるとして、管理部が一連の業務を引き受け手続きするものとした。

次に経営管理の一環として財務はどうなっているのか確かめることにした。何度も繰り返し述べていることだが、この会社はすべてが営業本位の考え方で、売って利益が上がれば良しとしている。利益は良しとしても売掛金の回収はどうなっているかである。内訳を調べていくと、2カ月以上の売掛金は当たり前のようにある。驚くことに1年以上の売掛金もそのまま残った状態である。

経理担当に問いただすと、売上先への請求書は毎月送付しているが入金はない。その旨を営業担当には伝えているとのことだったが、売った本人（営業）は一体何を考えて仕事をしているのか、会社は何を考えて経営しているのか、全く責任が見えない。

次に在庫商品の実態を調べることにした。これも何年も前から滞っている商品が倉庫を埋め尽くしている。既に価値のない商品もたくさんある。金額にすれば相当の額になる。ところが会社は商品とはモノであり、金ではないと思っているようだ。こんな状態ではいくら利益を稼いだところで、死んでいく商品（不良在庫）と売掛金の未回収が火種となり、経営が立ち行かなくなるだろう。

これも気になることだが、出張時の営業に掛ける経費は異常に多い。不本意な日当と飲食接待費用である。一次会では会議費として、二次会では交際費として扱うことが習わしなのか、湯水のように金を使う。この会社は金の苦労を本当に知らない。

この会社はゲーム感覚で経営しているように見える。ゲームだったら会社が倒産（Game over）しても何度でもやり直しは利くが、実際に事が起きたらゲームのようにはいかない。ゲームであれば楽しいとか面白いで済むかもしれないが、本当に倒産したら会社はそれで終わりだ。「経営とは不安も感じるが」、「危機感がなければ経営するべきでない」。このような現状をまとめ、会社に問題提起することにした。

そして会社の営業方針について次のように指摘させてもらった。営業は利益を得ようとすることは当然の責務だが、売り上げた代金を回収することも当然の責務だ。この責務を果たしてこそ営業は成り立つと言える。また、商品は必要以上に仕入れしない。在庫になれば金を寝かすことになる。年数が経てば価値が下がる。やがては不良在庫となり、ゴミとなる。商品は売ることができるが、ゴミは誰も買ってはくれない。

出張については無駄のない営業活動ができるよう計画的に行うものとする。「何度も同じ方面に出かけないよう心掛ける」。出張先での「習慣化された会議費と交際費」の見直しをする。そして、お客様へ飲ませ食わせの接待（餌で釣る）は程々にして、「営業力（価値を売る）で勝負できる技術」を身に付けてほしい。

会社として、このような行動を営業に徹底して植えつけることができれば、「無駄の三原則」は減っていくだろう。無駄の三原則とは、「時間の無駄」、「労力の無駄」、「経費の無駄」ということである。この無駄の三原則をよく理解し、納得できれば、経営はきっと成り立つに違いない。

次に無駄な制度の廃止と見直しについてまとめた。出張時の日当の廃止、社員旅行の積立金の天引きの廃止、退職金制度の見直し改善を図ることとした。また、これまで営業本位でやってきた経理処理を適正化することにした。これらの無駄をなくすことで、以前より一層の業務効率を上げることになるだろう。

そして経理・総務の部署は管理部として生まれ変わり、部署の存在感を対等に扱ってもらえるようになった。この会社もようやく基礎が身に付き、常識に沿った経営ができるまでに成長した。ちょっとは会社らしくなった気がする。

これまで、この会社の経理・総務に携わり業務の実態を学ばせてもらった。そしてこの会社の役員に何度も言葉を繰り返すように営業は利益意識を持つことは当然のことだが、会社の経営者として営利だけでなく、会計・経理・財務および人事・総務など経営全般を理解し管理できることが必須条件であると伝えた。

このようなことを言っても、役員（経営者）でありながら営業以外のことは面倒くさいのか把握しようとはしない。やはり営業以外は他人まかせにして慣れた仕事に没頭したいのか、これまでやってきたことが頭から離れないようだ。

私自身、偉そうなことを言っているが、以前ホンダディーラーの店長になって間もないころ、販売台数に没頭し、経営状況（状態）など知ろうともしなかった。これまでの文面で、この会社の社長はじめ役員に対して厳しい指摘をしてきたが、自分も人のことは言えず、営業本位で仕事をやってきたと思う。ただ、この会社と大きく環境が違うところは「資金が有るか無いか」だった。

当時の会社（ホンダベルノ）は資金に余裕がなく経営は火の車だった。経営状態は非常に厳しく、資金を調達するのに苦労しました。車の成約について「金を早く回収するための手段」としてクレジットを勧めること、現金ならば即日に多額を回収すること、納車はできる限り遅らせる（展示車に利用）ことなど営業マンに徹底させました。

また、本田技研からホンダ会計による財務管理の仕方も学ばせてもらったが、当時はそれどころでなく資金繰りで頭がいっぱいだった。月々の支払日が迫ると金のやり繰りに「悩み、考え、工夫」して、困難をその都度乗り切ってきました。これらを体験（経験）することで基礎知識など知らぬまま、応用（結果論）から財務管理を勉強させてもらいました。

このような経験から中小企業の経営者の皆さんへ次のように指摘したい。損益計算（利益）勘定はできても、貸借対照（金の動き）について把握できている社長さんは意外にも少ないと思います。しっかり財務・経理ができ、信用できる担当者が居れば経営は安心できるかもしれないが、だからと言って任せっぱなしで本当に良いのかを考えたい。社長なら、ちょっとは貸借が読めた方が良いと思う。財務・経理は人に任せて全く分からないでは経営判断することはできません。困難に陥ることも考えておかなくてはなりません。会社経営は利益を得るための資金なしで稼ぐことは難しいでしょう。会社は資金繰り次第で経営のやり方も変わると思います。

中小企業の社長さんたちは財務諸表の見方も分からず、偉そうに物を言う方もいらっしゃるかと思います。例えば、経常利益とは本業で稼いだものだとか（×）、稼いだ利益と現金は同等に増えるものとか（×）、収益と利益を一緒と思っている（×）。このように思い込みで物を言う経営者も結構いるのではないでしょうか。

経営資源である「人を上手く動かし」、「物の支払いは遅く」、「金の回収は早く」という経営をしたい。何度も言うようだが、金がなければ経営はできません。いかにして金を集めて会社を経営するかが、経営の決め手となると思います。また、原価意識は強く持たなければなりません。ここで言う原価とは仕入れ商品だけではなく、人件費も含め、それにかかった費用（全部）を原価として捉えることが順当だと思います。

例えば、仕事を外部に委託して人を使うと費用（仕入れ）が発生します。ところが自社の従業員を使って作業させれば仕入れは発生しない。損益計算では人件費として扱うが、経営者ならば、従業員に払う人件費も原価として捉えた方が分かりやすいのではないか。原価の見方も考えるべきだと思う。

こんな考え方もある。経営者の皆さんは従業員にどれだけの給料を支払っているか、把握しているのでしょうか。従業員に支払われる全体の給料は（月間）概ね把握されていると思いますが、従業員一人ひとりの給料までは把握している経営者は少ないでしょう。

しかし、パートタイマーの時間給になると、気にする経営者は意外に多くいらっしゃいます。つまり、「大きな事に気が付かず」、「小さな事に気を回しすぎる」経営者は結構いらっしゃると思います。決して誹謗中傷しているわけではありませんが、ここでは大なり小なりの事に対して気付くか気付かないかを言っているだけです。

細かい話になりますが、こんな考えをお持ちの経営者はいらっしゃるのでしょうか。パートタイマーの時間給は把握していても、従業員（正社員）の時間給を把握している経営者はまずいないでしょう。そこで、気になる従業員の給料を1分間に換算するとしたら幾らになるか、計算してみてはいかがでしょう。次のようにおおよその計算は簡単に出せます。

そこで気になる従業員の給料が30万円だとすると、月の稼働日数が21日として1日8時間で計算すると、時間給は約1785円となります。そして時間給1785円を1分にすると約30円になります。また40万円の人は40円／分、50万円の人なら50円／分ということになります。

単純に月給30万円の人を1分間働かせると、会社は30円の給料を支払うことになります。

日々行われる朝礼にしても会議にしても、本当に意味が有るのか無いのかをよく考えて無駄となならないように心掛けたい。このように計算上では分刻みで給料は発生します。

また、こんな社長さんも現実にいらっしゃいます。商店の大将ならともかくとして、オーナーだからと言って会社を私物化する経営者もいらっしゃいます。好き勝手（公私混同）に金（費用）を使う社長さんも見受けられます。果たして従業員はこんな社長を見せられて、一体何を感じて働いているのでしょう。

こんな会社でも、程々に給料が上がっていくなら多少我慢して働くかもしれませんが、もし、経営が悪化して従業員に影響を及ぼすこととなれば、誰もがこんな社長（会社）に付いていこうとは思わないでしょう。健全な経営者になるなら、一方的な考え方（自分勝手）から相互的な考え方（人思い）へ見方を変えるべきだと思います。

このように役員の経営勉強会をやってきたが、さらに会社運営に携わる部門の幹部クラスの組織力をつける勉強会を実施することとなった。目的は「部門のリーダーになる」、「目標計画を達成する」、「効率の良い組織をつくる」などで、勉強会の主題として部門の運営を任せられる人づくりを目標とする。この勉強会も役員と同じく、個人指導で進めていくことにした。

毎度のことだが目的に沿って目標を立て、その目標を達成させることが狙いだ。いつもくだらない話から始めるが、その話に興味を抱くように心掛けて進めていく勉強会である。因みに営業の話は一切しない。従業員のモチベーション向上につながるのは達成感（ルール、役割と責任、積極性と協調性）である。

人材育成には「基礎・発展・応用」と順がある。業務を効率化するには「人の能力と仕事・作業」を考える。そして「人・物・金と情報・時間」を上手く活用することである。実際に業務をやりながら「反復・継続・確認」をさせなければ人材育成とは言えない。ＰＤＣＡに似ている。

また、「苦情・クレームの処理は早ければ早い方が良い」などについて理屈に合わせ何故そうなるのか解説しながら進めることになった。

これまで、この会社の問題・課題についていくぶんか解消されたが、残業問題についてはいまだに目途が立ってはいない。繁忙期を迎えると残業が増えることは承知の上だが、閑散期でも残業が減らないことも現状である。

この残業についての問題はいくつかある。一つは「会社（部署）の雰囲気」を変えなくてはならないということである。自分の仕事（作業）が終わっても帰りづらい雰囲気がある。これに従業員が慣れて会社の習慣になってしまったのかもしれない。

次に「営業の問題」である。これまで会社は営業には御用聞き商売しか教えてない。そのためお客様の御用は何でも言うことを聞きますという姿勢である。そして余計なことまで引き受け現場を混乱させる。これら営業の振る舞いが現場の従業員に残業をもたらす。とかく営業は遅くまで仕事をするものだと勘違いしている。

さらに「従業員一人ひとりに問題」がある。ある従業員は「仕事（作業）が好きだから」残業をする。また、ある従業員は「早く帰っても暇だから」会社で残業をする。そのまた、ある従業員は残業代を稼ぐために仕事（作業）を引き延ばし残業している。この他にも問題はあるだろうが、会社は残業を遅くまでやる従業員を高評価している。こうした会社の甘さが残業を引き起こす要因となっている。

このような残業問題を解決するため、本腰を入れて取り組むこととなった。現状残業する場合、上司に申請して承諾を貰わなければ残業することはできないとしている。これはどこの会社でも同じと思うが、当時この会社はどんなに忙しいときでも月20時間以上の残業は認めなかった。そのため従業員は仕方なしにサービス残業していた。

仕事の量から見ても申請通りに終われないからである。上司も当然分かっていながら会社に何も言わなかった。これではダメだと会社に指摘し、月の残業時間を20時間から45時間まで手当をつけることとした。会社としては20時間で済んだものが45時間になったため、その分残業代がかさむようになった。残業問題は手当だけでは解消できない。

月の残業を45時間にしたことで従業員の多少の不満は取り除くことはできたが、現実に残業が減ったわけではない。そこで従業員が理解・納得できる残業ならば不満は解消されるだろう。要は、職種別に従業員の仕事量（作業量）を考え、比較的残業の多い人（制作・デザイン系）を裁量労働制として一定の残業時間を給料に含め、その人の裁量で時間関係なく仕事（作業）をしていただく待遇である。

事務系は残業が少ないため残業45時間の扱いとした。但し、役職者と営業職は別に規定を設け、これに該当しないものとした。裁量労働制をとったことで従業員はそれなりに理解を示してくれた。

だが、このような対策は本来の目的である残業を減らすことのためではなく、従業員を宥《なだ》めて会社を辞めないようにする手立てだった。残業を減らすということは難しい課題である。これまで原因となった問題を片付けなければ本来の目的は解決できない。

課題は次のようなものである。「自分の仕事（作業）が終わっても帰れない習慣」、「伝達不足で仕事（作業）が遅くなる」、「身勝手な行動が仕事（作業）を遅らせる」など。これらの問題を解決するには結論的に評価制度しかないと考えた。そして評価制度に取り込み、無駄な残業をさせるまたは自分勝手で残業をするなど、無駄につながる行動をした従業員については採点評価を低くすることを意識づけした。

この意識づけは与えられた仕事（作業）を計画的に進め、無駄なく時間通りに仕事（作業）を終えた従業員には高評価として採点するように位置付けした。これにより会社（部署）の雰囲気（習慣）も変わり、従業員の頑張り（努力）によって無駄な残業をしなくてもよくなった。

営業職には仕事効率を考えて時差出勤（行動）させ、帰社を早めて待機する従業員との伝達事項を明確化することで残業は減る。残業制限45時間を42時間に減らすよう意識させることで残業はさらに減る。これらを部門の幹部クラスに徹底した。

幹部クラスの勉強会でいつも言うことは「働きやすい環境づくり」である。無駄な仕事（作業）をつくらないこと、無駄な残業はしないこと、そして有給休暇を取得しやすくすることなどである。これらをクリアーしていくにはあなたたち、幹部への指示命令が部下に明確に伝わる（筋の通ったものにする）ようにしなければならない。部署を担う幹部として常に相手の立場で物事を考え、判断し、決断できなければ幹部とは言えないだろう。持論だが、1日の就業時間を8時間とするならば、集中して取り組めば仕事（作業）は2～3時間で終わる。余った時間は次の仕事（作業）の段取りをする。段取りさえ良ければ仕事（作業）はスムーズに流れ、残業など有り得ないと思います。

自社シーイーエスの業務改革で無駄な朝礼、無駄な会議、無駄な業務について廃止して更に残業をゼロとし、在宅勤務、直行直帰、時差出勤などスタッフに新たな意識を持たせて実践してきました。

これまで日々やってきた朝礼とか会議は意味がないことに気が付いた。これまでの習慣にとらわれてやってきたことだった。よく考えてみれば形式にこだわり意味のないことに当たり前のように時間を費やしてきた。そこでスタッフに意見を求めることにした。

「日々の朝礼は必要なのか？」、「週・月・半期などの会議は必要なのか？」本音を聞いた。意見としては「マンネリ化された行事はやる意味がないと思う」、また、「それぞれの企業が意味あって行っていることなら理解できるが、形だけだとしたらやめて他に時間をかけた方が良い」とのことだった。

つまり意味のないことは「無駄な時間」、「無駄な労力」、「無駄な経費」を使っていることになる。意味のあること（必要）ならそれをしっかりやり、意味のないこと（無駄）ならそれをやらないことである。

もし、朝礼をやることで活気がわき、会議をすることで仕事に弾みが付き、よりよい結果に結び付くのなら必要かもしれません。

小さな会社ながら何をするにも形式にこだわり経営してきたが、朝礼はやめ、会議は月一回（月末）に絞り、スタッフと共にレストランで食事をとりながらリラックス（緊張をほぐす）して行うことにした。このやり方でスタッフの意見も活性化され、仕事に余裕ができ十分に効果があることが分かった。

どこの会社でもやっていることだから良しとして、我が社もやらなきゃと思っている経営者は多くいるかもしれません。良いことをやっているからと言って本当に会社のためになるのでしょうか。思い込みだけが先行し、実際は余計（無駄）なことであると気が付いていない経営者もいるかもしれません。良いことだと真似をしても、自社で出来るとは限りません。その点を考慮し自社レベルに置き換えて方針を立てていただきたい。

2018（平成30）年　六十六歳

これまで書いた文章の内容が行ったり来たりしたこと、読みづらかったり、回りくどくなったりしたことが多々あったかと思います。自分の人生を振り返りその時々を思い出しながら、書き始めてから3年の歳月が経ってしまいました。

そして経営コンサルタントを目指して実践し、体験し、経験したことに基づきこの文章のタイトルを『経営コンサルタントへの道』としました。私自身が歩んだ人生をノンフィクションで書きました。ここに書き足りないことはまだまだ沢山ありますが、人生の参考になれば幸いです。

伊藤　正博（いとう　まさひろ）

1952年、名古屋生まれ。リコーの販売会社に営業として入社。駄目セールスから独自の営業手法を考えトップセールスになる。ホンダ系自動車ディーラーに責任者として入社。幾度の経営難を乗り越え、安定した基盤をつくり上げ経営を支えた。後に、自動車販売用の商談システムを開発し、会社を立ち上げる。全国に商談システムを広め知名度を上げた。現在は経営コンサルタントとして活動している。

経営コンサルタントへの道
こんな人生でよかった履歴書

2019年4月25日　初版第1刷発行

著　者　伊藤正博
発行者　中田典昭
発行所　東京図書出版
発売元　株式会社 リフレ出版
〒113-0021　東京都文京区本駒込 3-10-4
電話（03）3823-9171　FAX 0120-41-8080
印　刷　株式会社 ブレイン

ISBN978-4-86641-229-0 C0095
Printed in Japan 2019

ご意見、ご感想をお寄せ下さい。

［宛先］〒113-0021　東京都文京区本駒込 3-10-4
東京図書出版